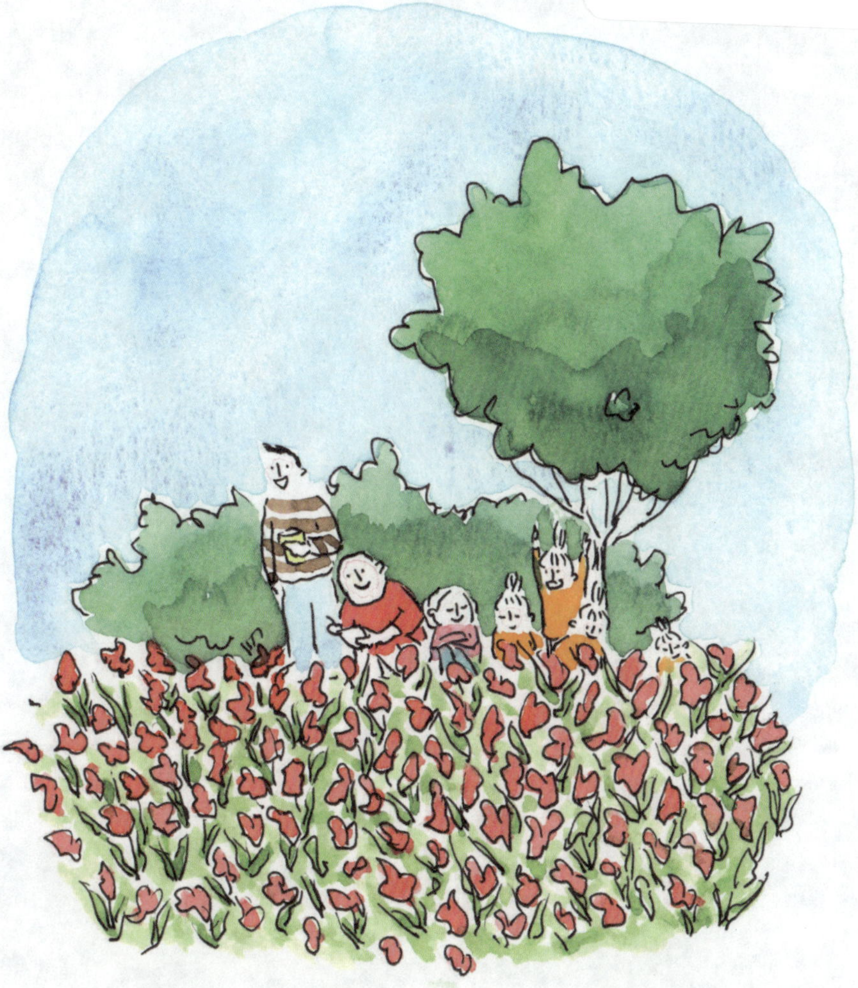

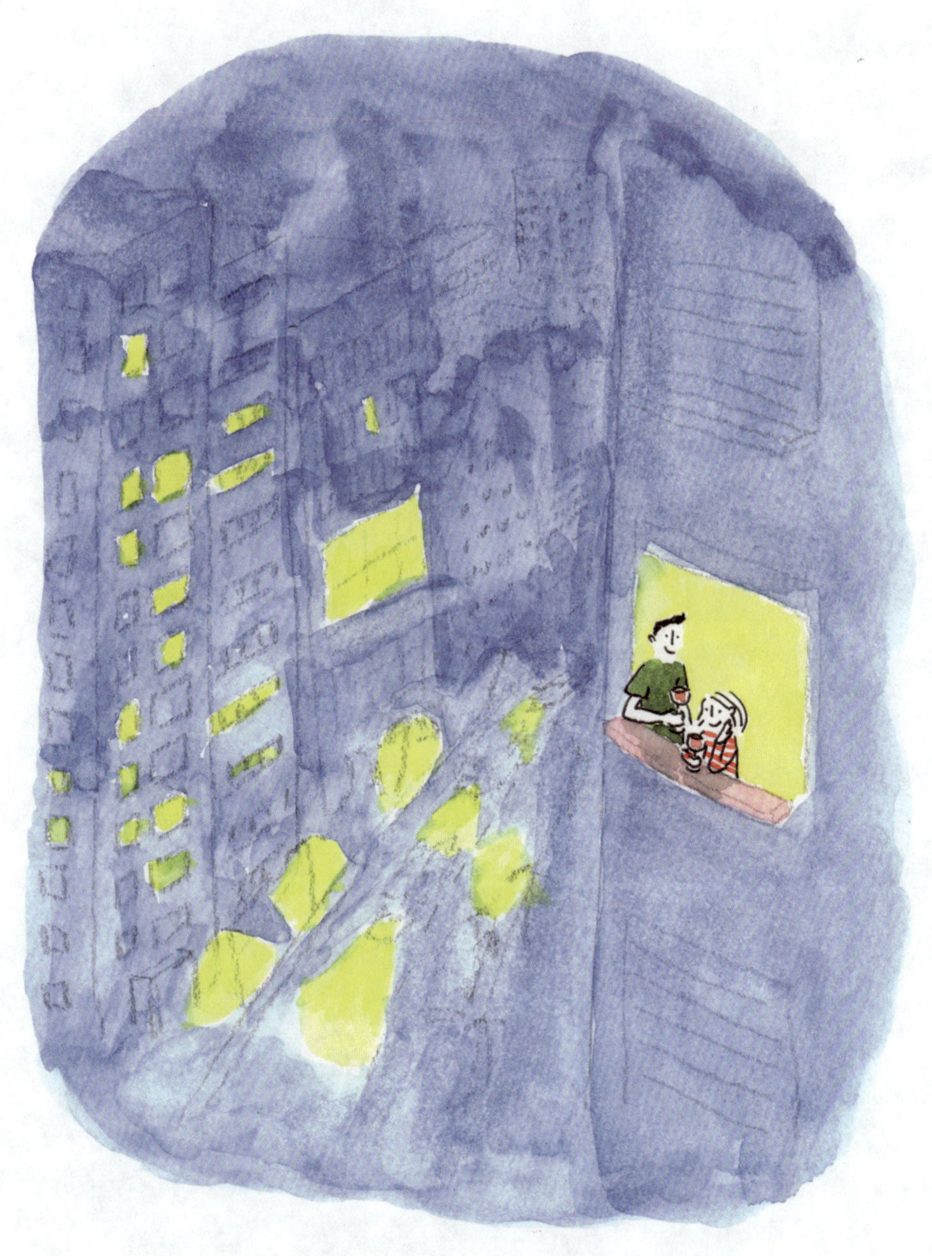

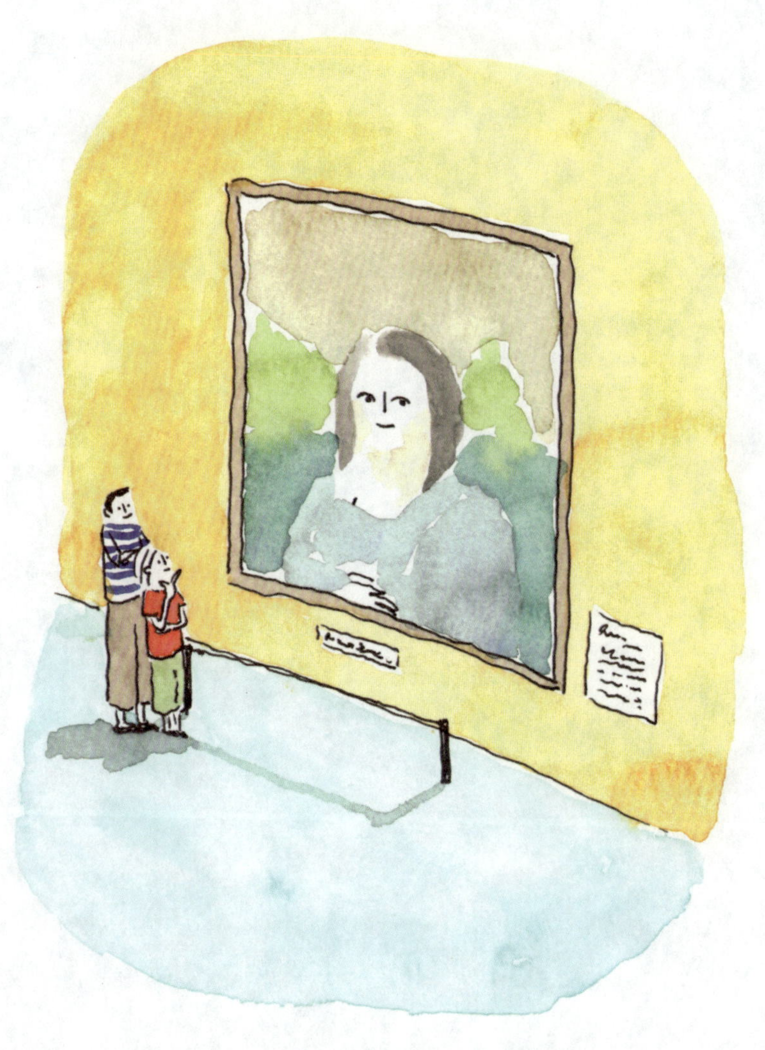

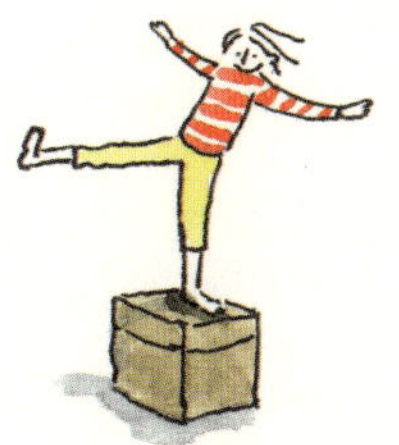

스물아홉, 작아도 확실한 행복이 있어

초판 1쇄 발행 | 2019년 5월 22일
초판 2쇄 발행 | 2023년 9월 1일

지은이 김져니
발행인 한명선

주소 서울시 종로구 평창길 329(우편번호 03003)
문의전화 02-394-1037(편집) 02-394-1047(마케팅)
팩스 02-394-1029
전자우편 saeum2go@hanmail.net
블로그 blog.naver.com/saeumpub
페이스북 facebook.com/saeumbooks
인스타그램 instagram.com/saeumbook

발행처 (주)새움출판사
출판등록 1998년 8월 28일(제10-1633호)

ⓒ 김져니, 2019
ISBN 979-11-89271-63-3 03810

이 책은 저작권법에 따라 보호받는 저작물이므로 무단전재와 무단복제를 금지하며,
이 책 내용의 전부 또는 일부를 이용하려면 반드시 저작권자와 새움출판사의
서면동의를 받아야 합니다.

• 잘못된 책은 바꾸어 드립니다.
• 책값은 뒤표지에 있습니다.

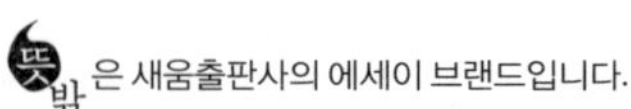

은 새움출판사의 에세이 브랜드입니다.

스물아홉,
작아도 확실한
행복이 있어

글·그림 김져니

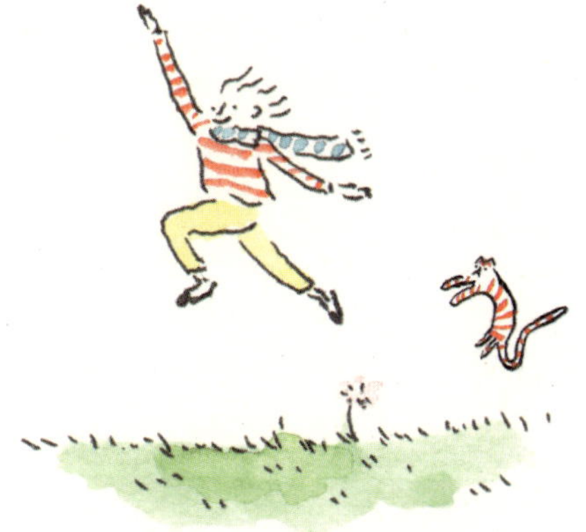

뜻밖

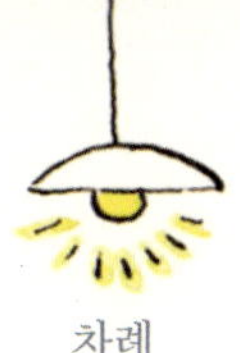

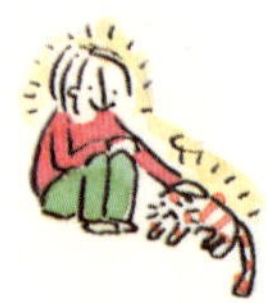

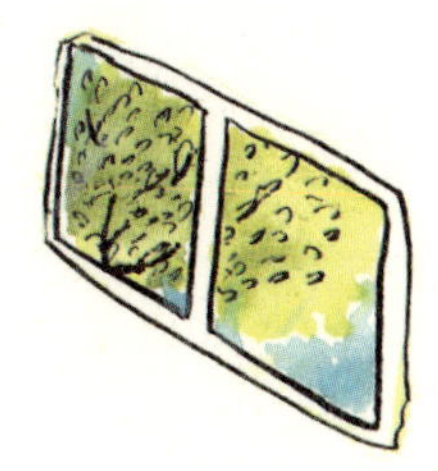

나의 행복을 위한 작은 시작

본격적으로 그림을 그리기 시작한 것은 스물아홉이 되던 해였다.
학창시절에도 교과서 한구석에는 낙서가 한가득이었지만,
하루의 생각을 그림으로 남기기 시작한 것은 서른이 되기 전이었다.
'이렇게 나의 이십대가 끝나버리는 것인가.'라는 생각에 사로잡혀
끄적인 것이 그 시작이었다. 이 기록이 쌓이다 보니,
나의 그림에 공감해주는 분들이 생겼다. 감사할 일이다.

하얀 도화지 앞에서 펜을 들 때면 늘 생각하는 것이 있다.
'이 위에서 나는 자유다.'
사소한 고민들, 소심했던 순간들, 그리고 우울한 질문들 위에
물감으로 색상을 입히고,
오늘의 생각을 기록하면서 위안을 받은 순간들이 많았다.
덕분에 이십대의 마지막을 따뜻하게 보낼 수 있었다.

이제 이 글을 쓰고 있는 나는 서른이 되었다.
나만의 안락한 안식처를 만들고 삼십대의 세계에 접어든 기분이다.
이런 따뜻함을 독자 여러분에게도 선물하고 싶다.

이런 게 행복이 아닌가 싶다.

2019년,
서른 김져니 올림

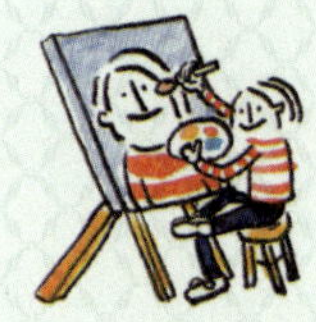

첫 번째 이야기
소심하면 좀 어때

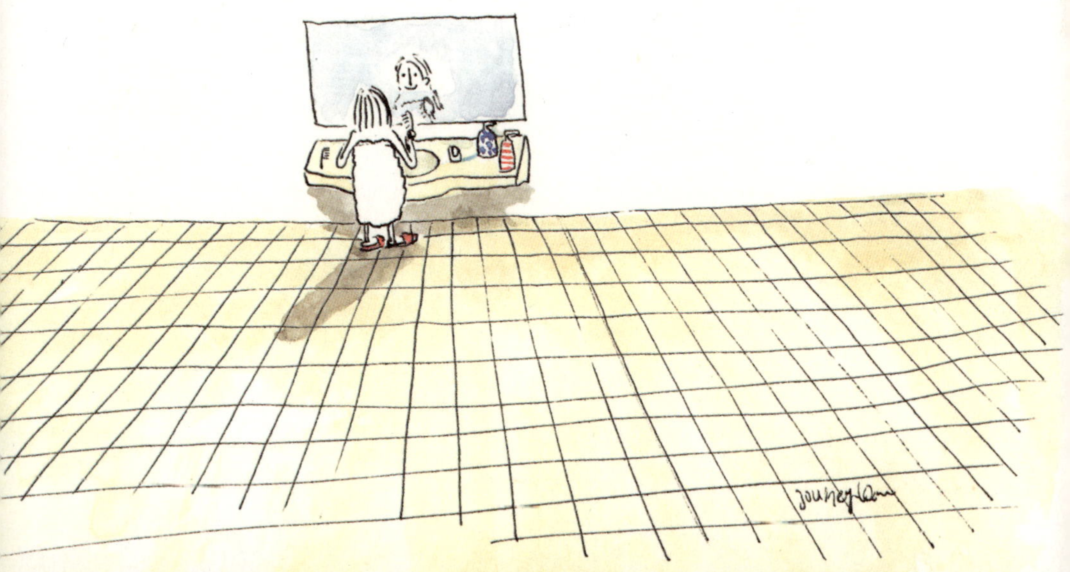

틀려도 되는 거야

나는 어릴 적부터 소심했다. 혹시나 내가 하는 대답이 정답이 아닐까 봐 걱정이
돼서 발표도 제대로 못했던 기억이 난다.
문득 샤워를 하다가 누군가 어린 시절의 나에게 "틀려도 되는 거야, 당당히
살아."라고 말해주었더라면, 지금의 나는 전혀 다른 삶을 살고 있었을지도
모른다는 생각이 들었다.

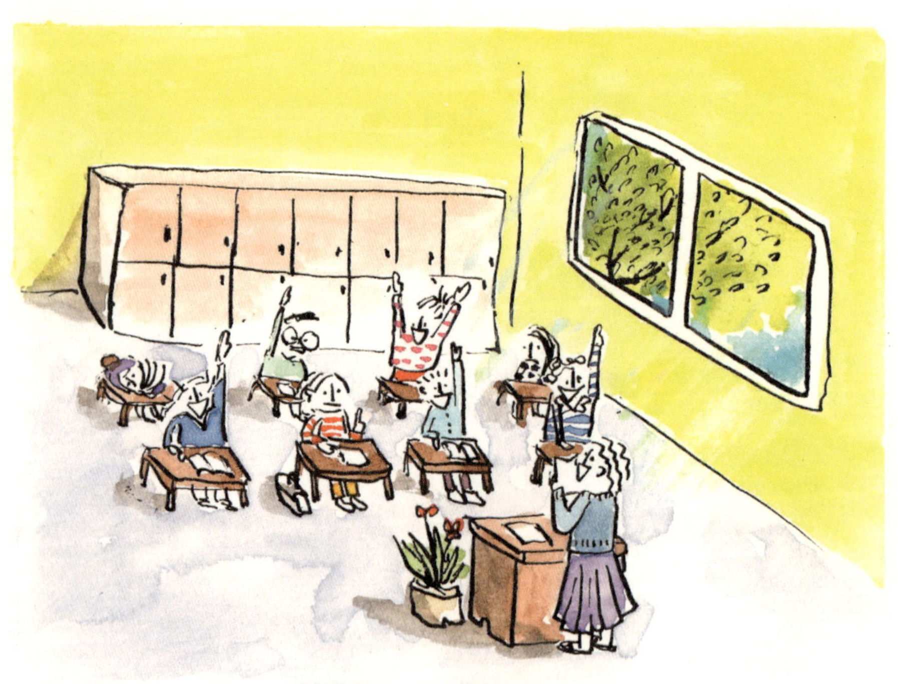

초등학생 김겨니 (발표를 하고 싶어서 손가락을 들고 있다.)

그러므로 나는 이제 나의 선택을 믿기로 했다.
틀리면 뭐… 어쩔 수 없지. (암암….)

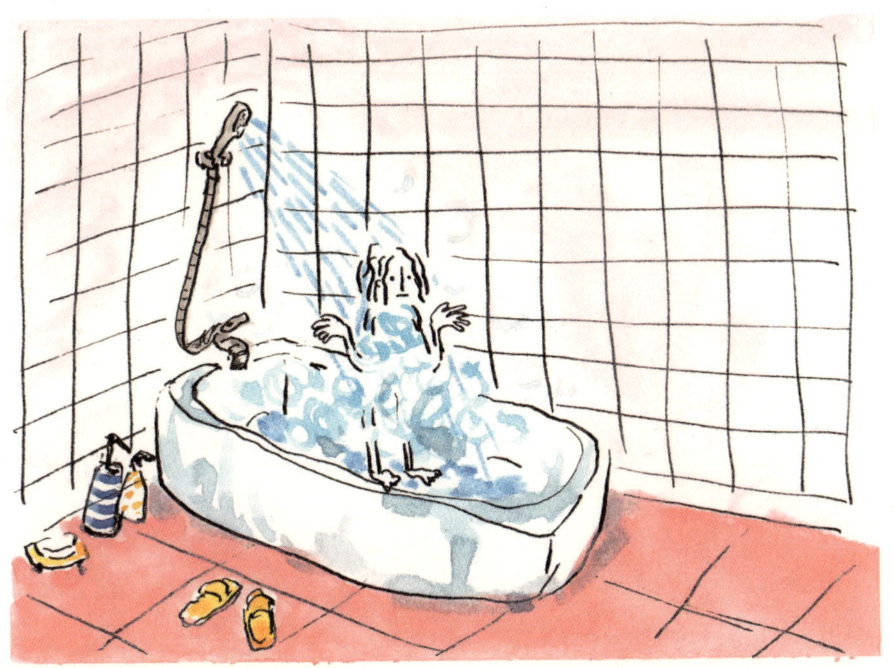

소확행 小確幸

이십대, 삼십대의 행복 철학으로 '소확행'이 트렌드다.
일상의 소소한 순간에서 행복을 찾는 젊은 세대.
경제 저성장 시대에 따른 자연스러운 현상일지 모른다고
분석하는 글을 읽은 적이 있다.
부정할 수는 없지만, 왠지 모르게 쓸쓸했다.
마치 나의 성적표를 적나라하게 세상에 드러낸 거 같은 기분이랄까.
하지만 우리가 찾는 소확행은 숫자로 평가할 수 없는 것이란 생각을 했다.
이렇게 생각하니 위안이 되는 하루다.

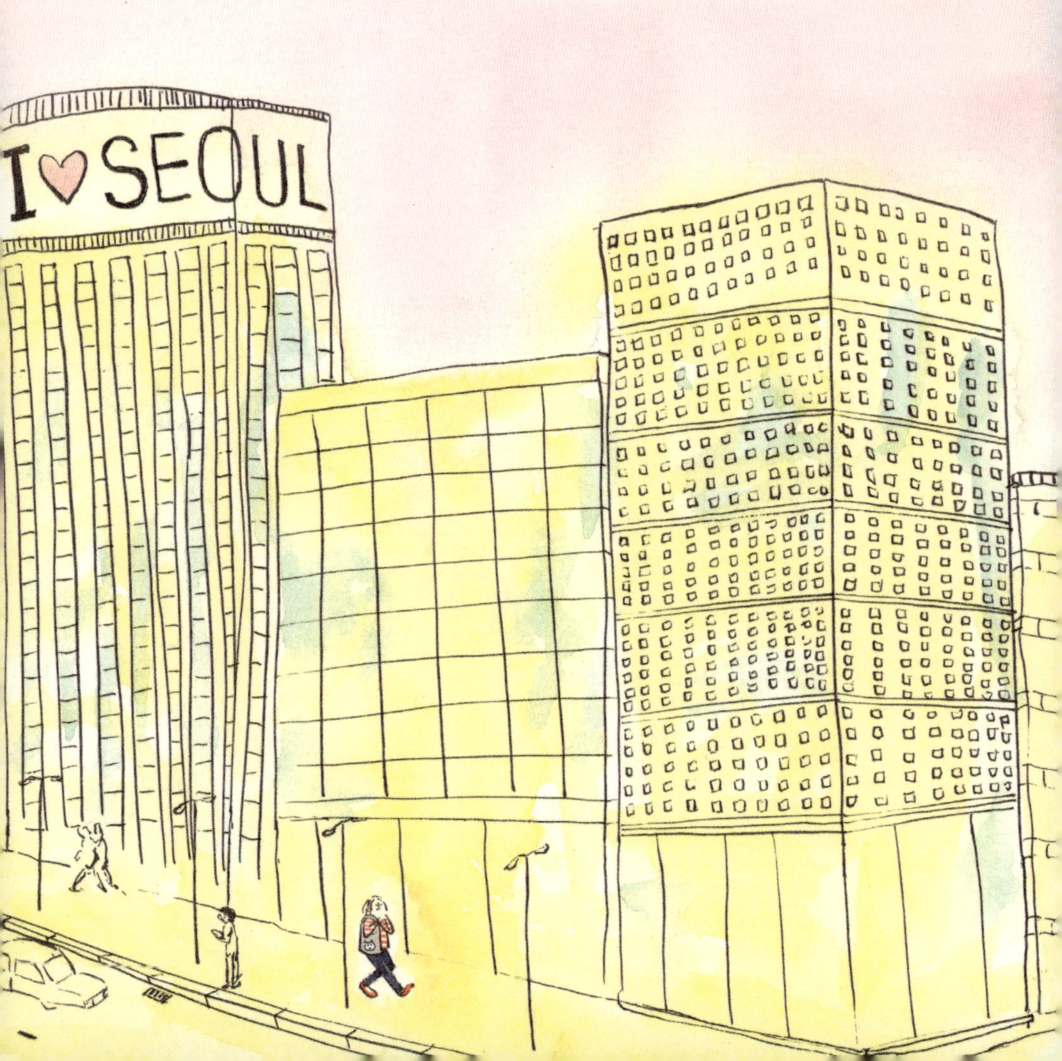

"그림 그리러 가야지."

아홉수의 띠

"나이는 숫자에 불과하다."라는 유명한 카피가 있다.
그 의미는 이해하지만 숫자가 주는 압박감은
여전하다. 내 나이 스물아홉. 몇 개월 후에 앞자리
수가 바뀌는데, 나는 아직 삼십대를 맞을 준비가
전혀 되어 있지 않기 때문이다.
그러던 어느 날 아직 이십대를 한창 즐기고 있는
동생이 나에게 말했다. "언니, 나도 잘은 모르겠지만
이렇게 생각해보는 건 어때? 이십대를 졸업하고
삼십대의 새내기가 되는 거라고!"

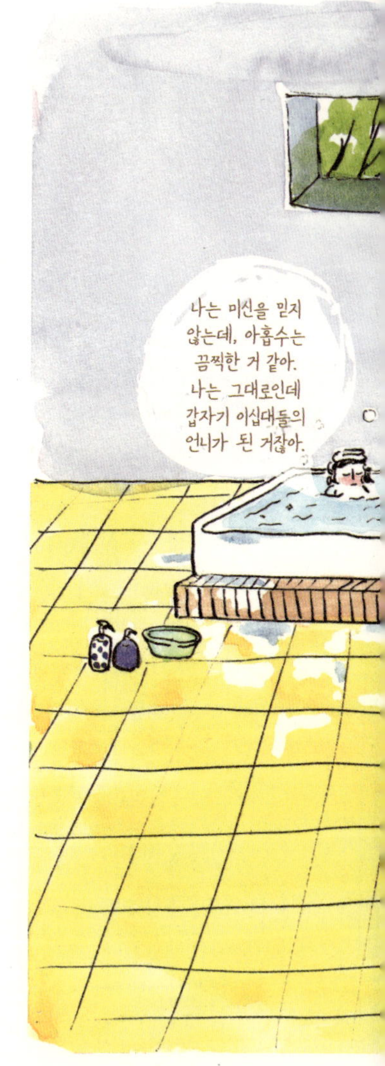

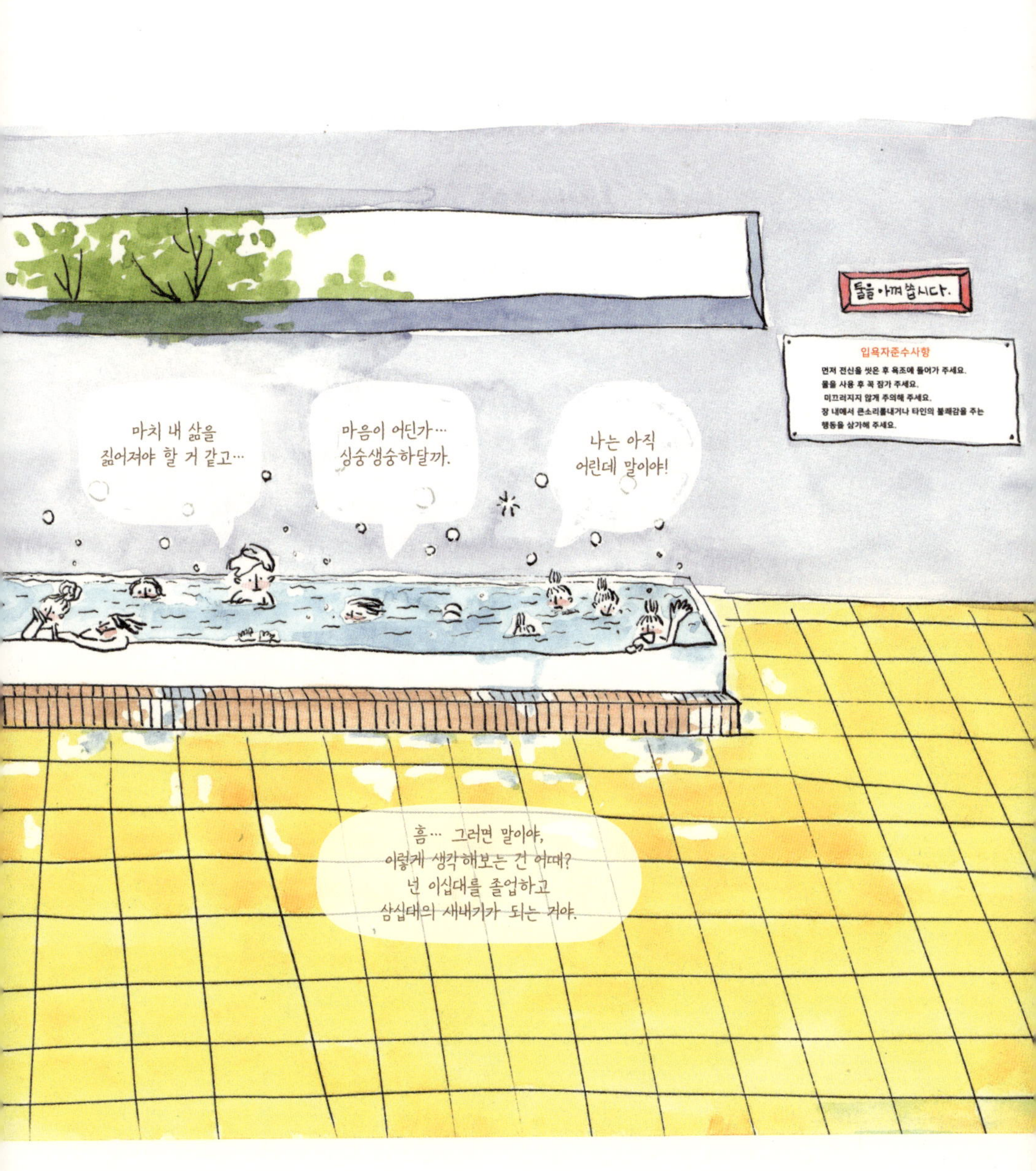
물을 아껴 씁시다.

입욕자준수사항
먼저 전신을 씻은 후 욕조에 들어가 주세요.
물을 사용 후 꼭 잠가 주세요.
미끄러지지 않게 주의해 주세요.
장 내에서 큰소리를내거나 타인의 불쾌감을 주는
행동을 살가해 주세요.

마치 내 삶을
짊어져야 할 거 같고…

마음이 어딘가…
싱숭생숭하달까.

나는 아직
어린데 말이야!

흠… 그러면 말이야,
이렇게 생각해보는 건 어때?
넌 이십대를 졸업하고
삼십대의 새내기가 되는 거야.

스케이트 일기

우리는 간혹 헤아릴 수 없는 부정적인 생각에 사로잡힌다.

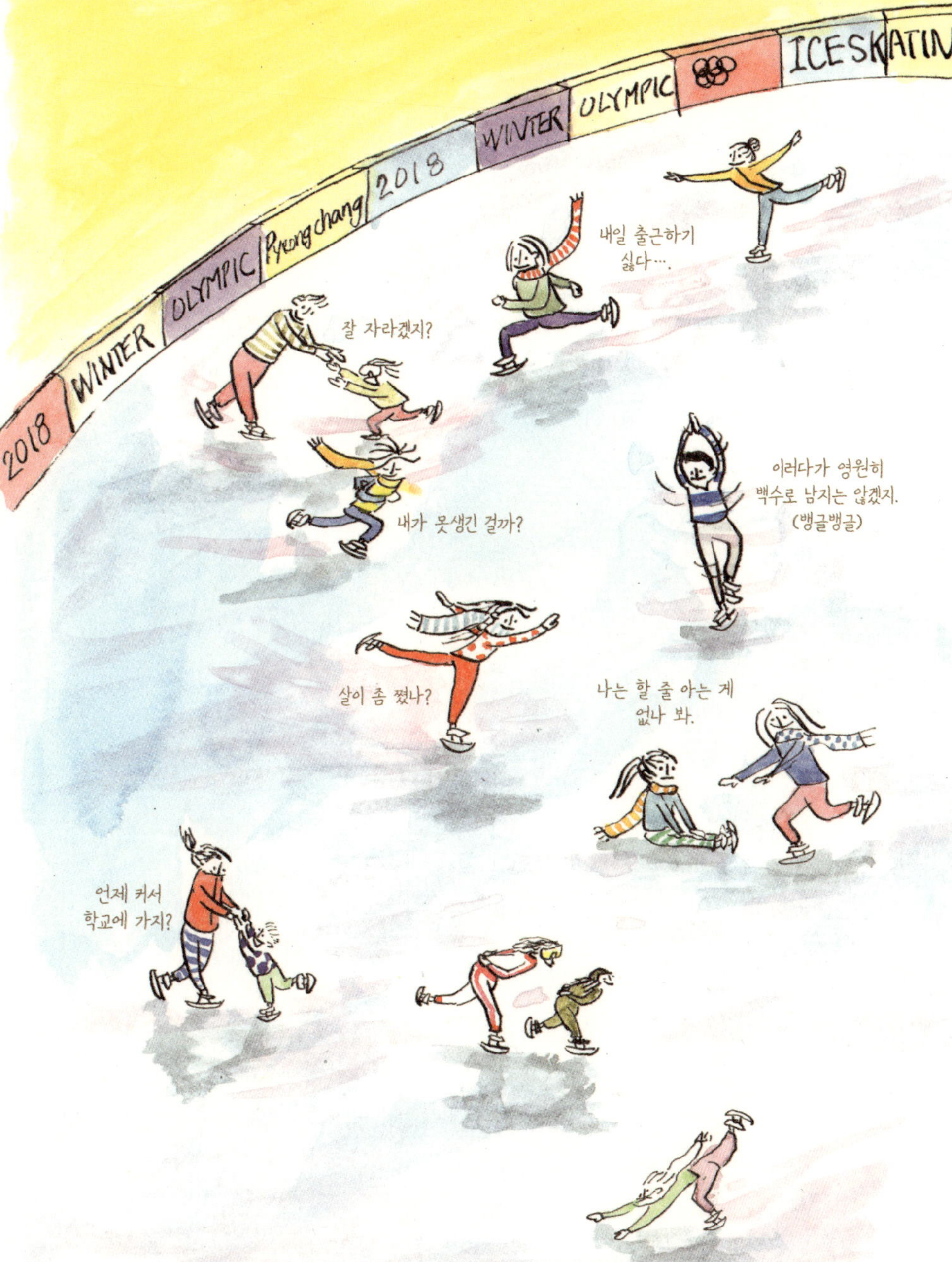
2018 WINTER OLYMPIC Pyeongchang 2018 WINTER OLYMPIC ICESKATING IS
내일 출근하기 싫다….
잘 자라겠지?
이러다가 영원히 백수로 남지는 않겠지.
(뱅글뱅글)
내가 못생긴 걸까?
살이 좀 쪘나?
나는 할 줄 아는 게 없나 봐.
언제 커서 학교에 가지?

하지만 대부분의 경우 불필요한 걱정일 뿐이다.
그러니 부정적인 생각들이
나를 잡아먹게 놔둬서는 안 된다!

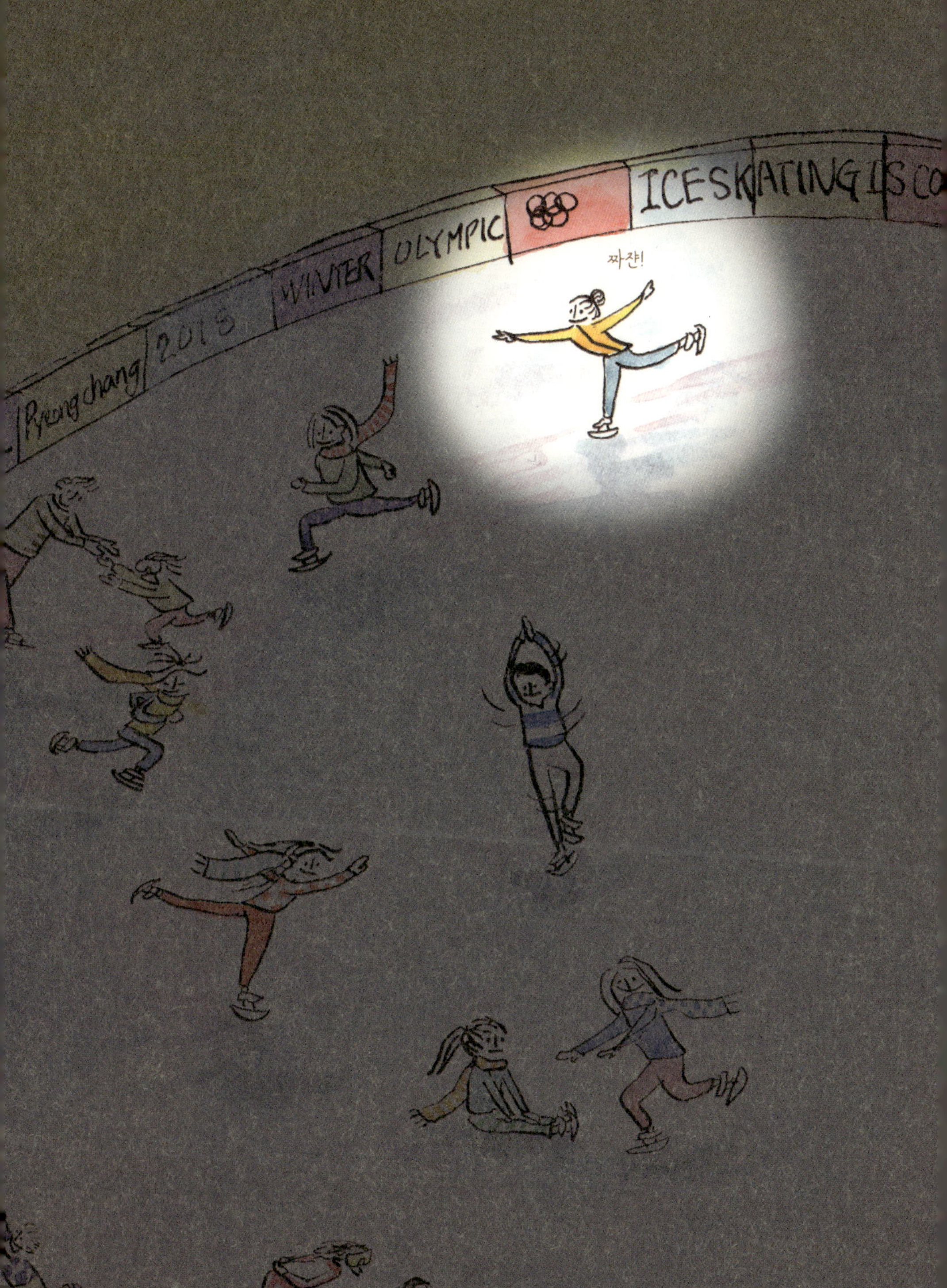
Pyeongchang 2018 WINTER OLYMPIC ICE SKATING IS CO
짜잔!

기다려요

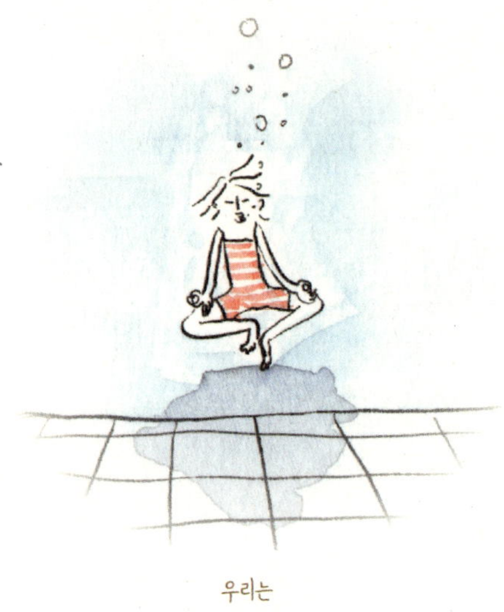

우리는

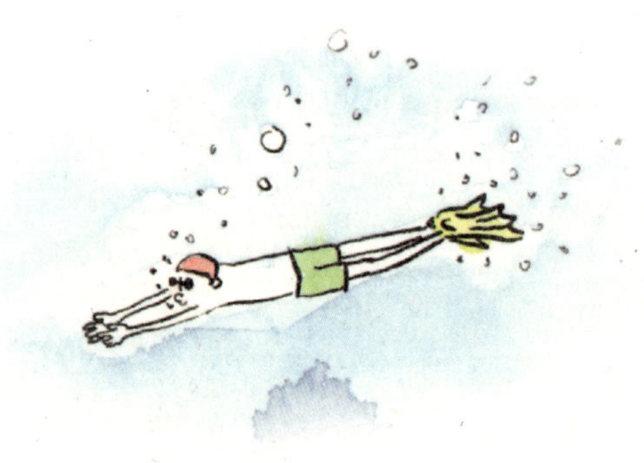

누군가가 와주기를 기다려요.

이렇게…!

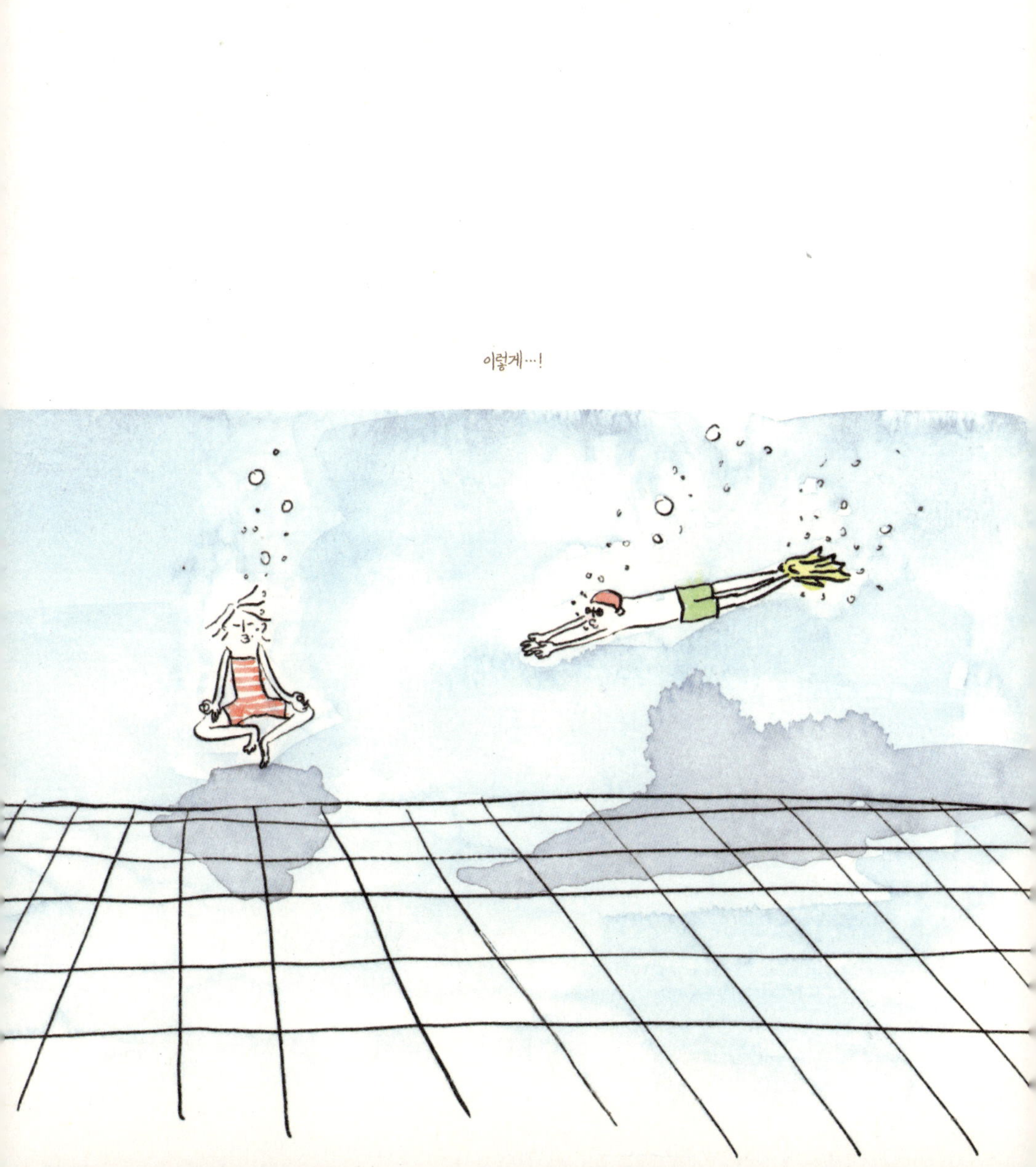

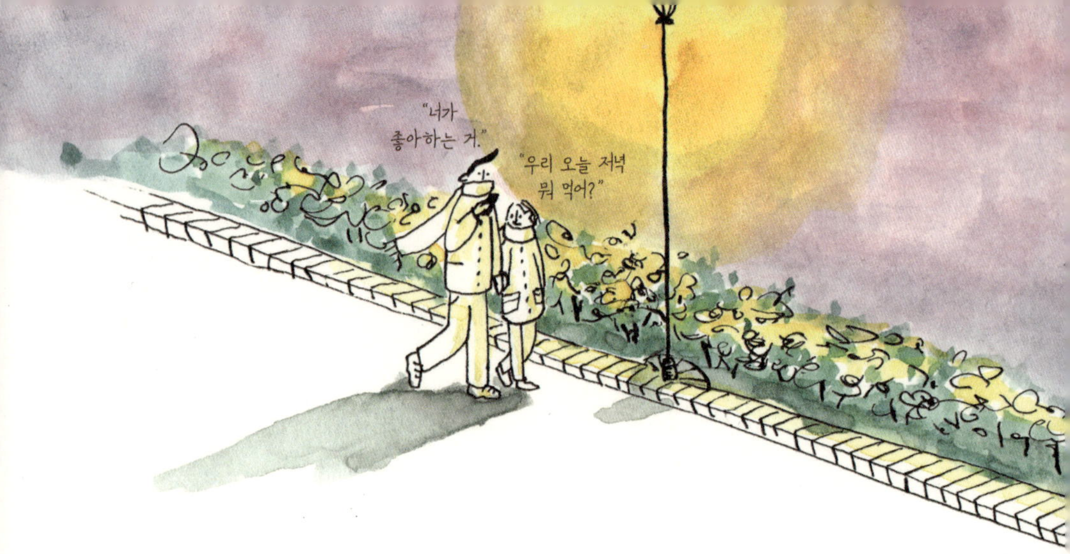

뭐 먹을까

세상에서 제일 어려운 고민.
하지만 세상에서 가장 즐거운 고민.

"오늘 뭐 먹을까?"
"글쎄, 네가 먹고 싶은 거?"

소리 내 말하지 않지만
맛있는 음식보다도 좋은 건, 함께한다는 것.

추운데 따뜻해

분명 추운데, 마음은 따뜻한 날이 있다.
분명 힘든데, 마음은 에너지로 가득한 날이 있다.
이런 날들이 행복이 아닌가 싶다.

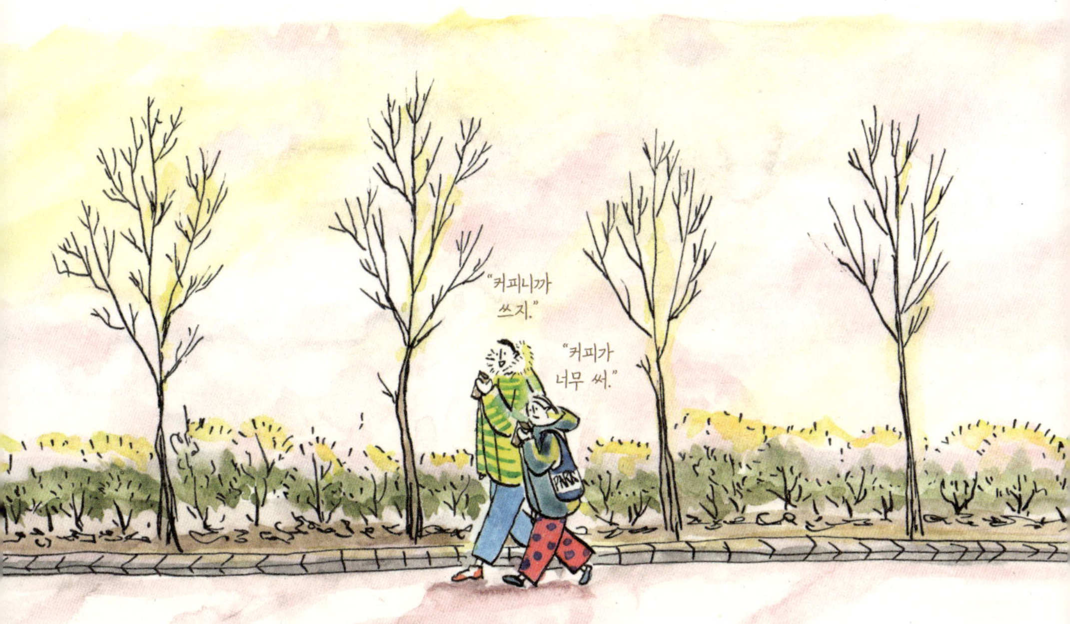

내일의 나

거울 속 나를 보며 다짐했다.
"내일의 나를 믿어. 내일의 내가 다 알아서 해줄 거야."

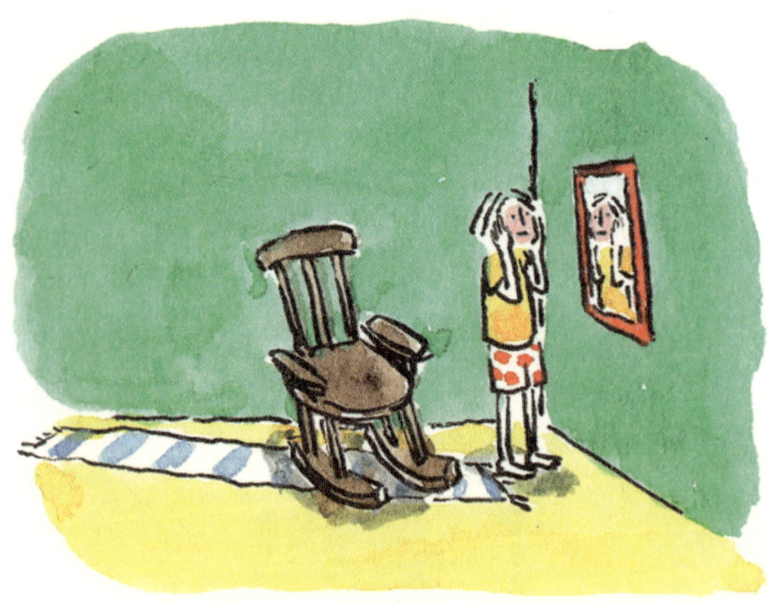

그러다 '내일'이 왔는데, 생각보다 빨리 왔다….
'아, 이를 어쩐댜….'

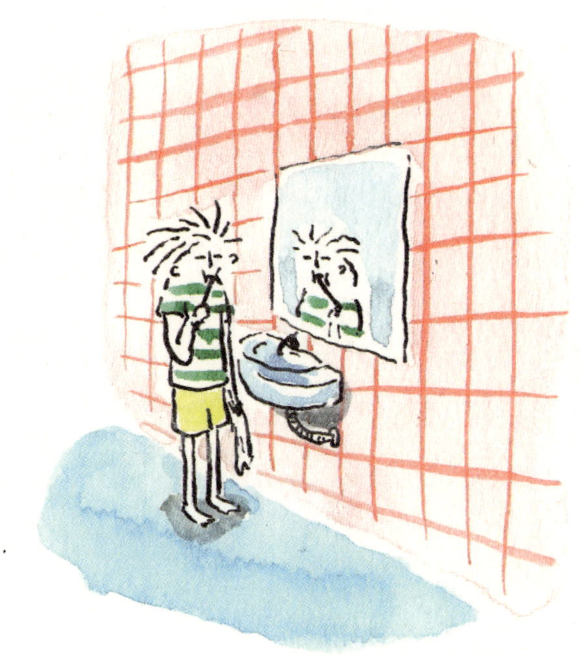

봄을 데려오는 마법

마음을 표현하는 데에는 정해진 방법이 없어요.
예를 들어…

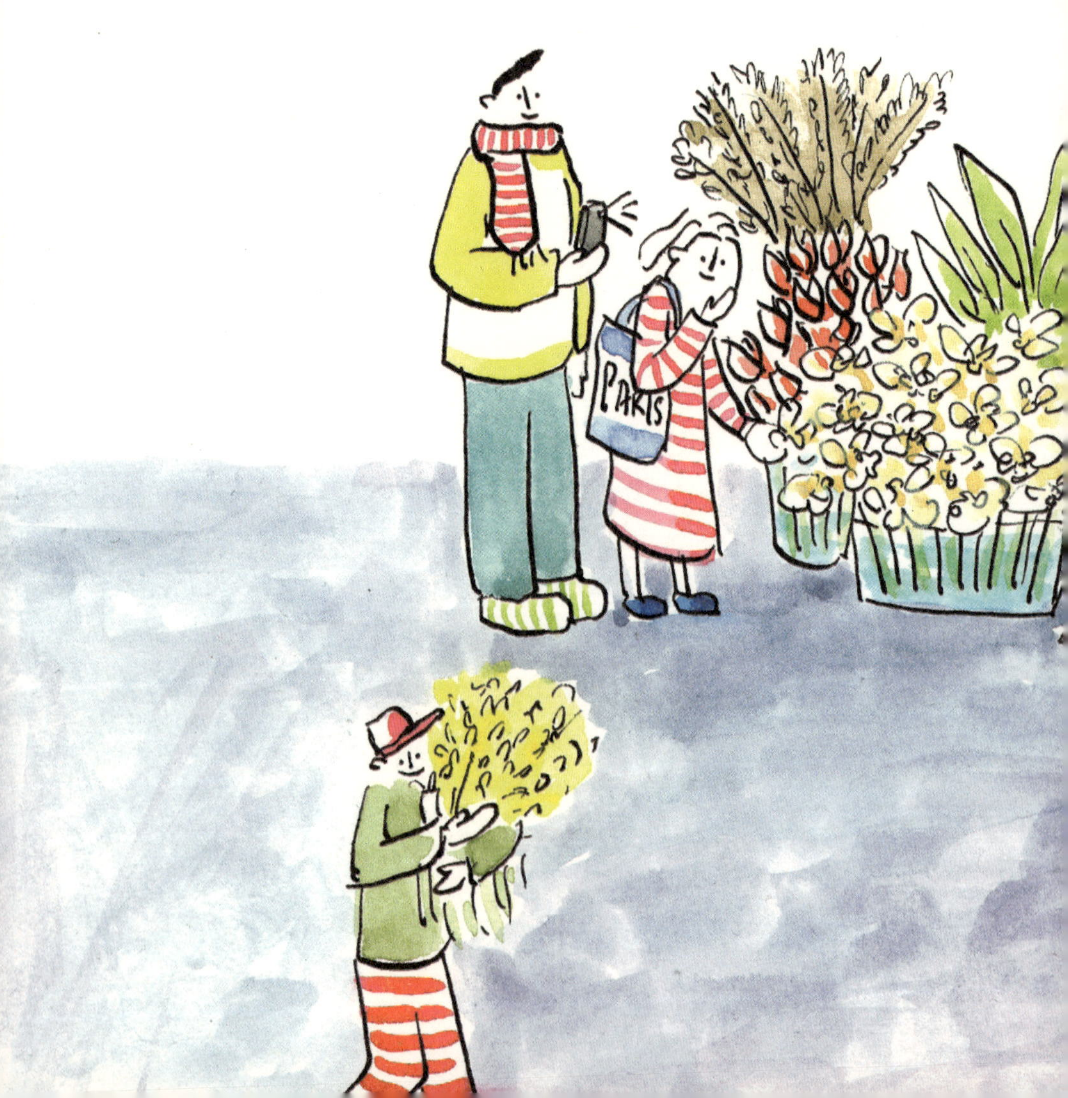

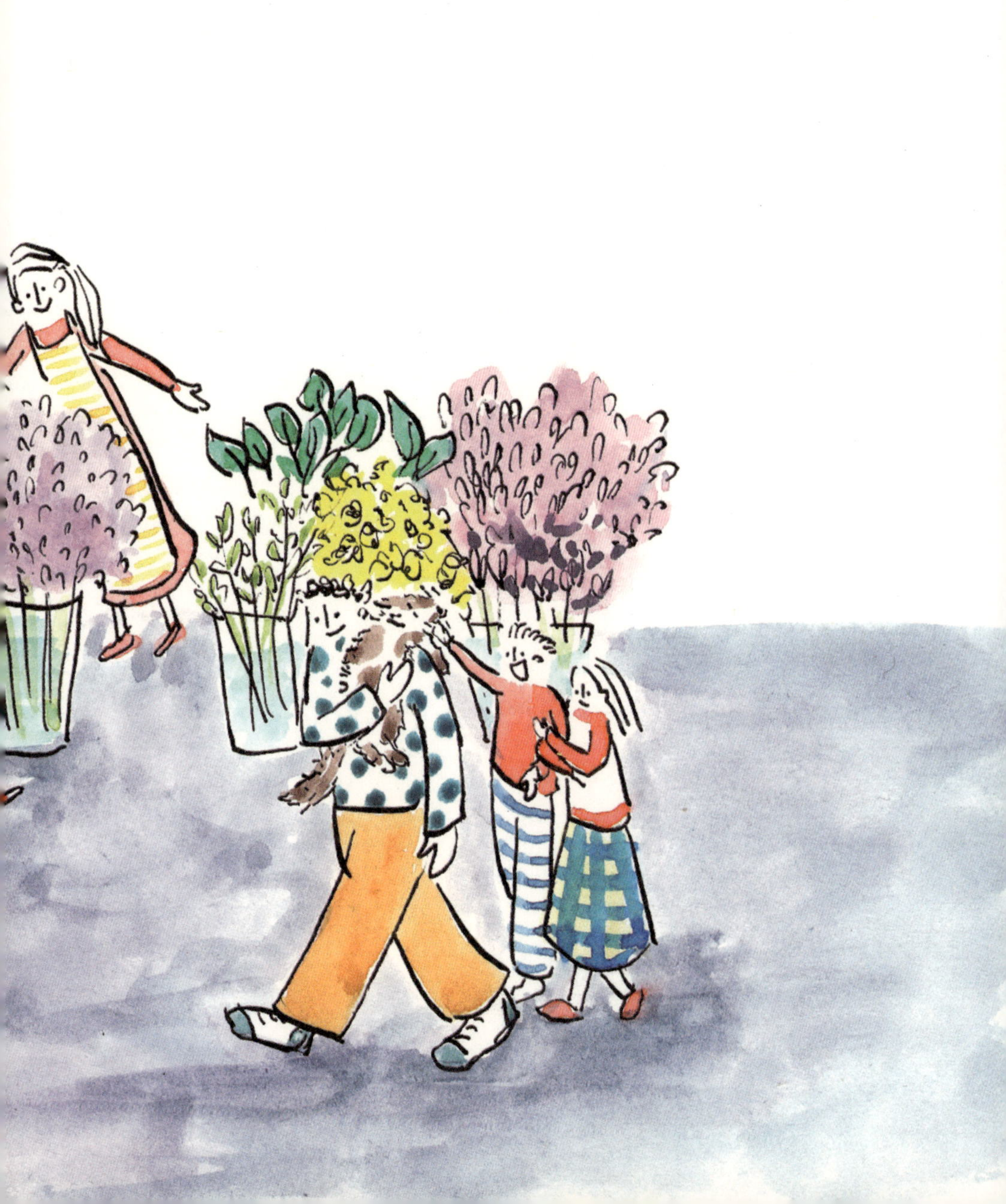

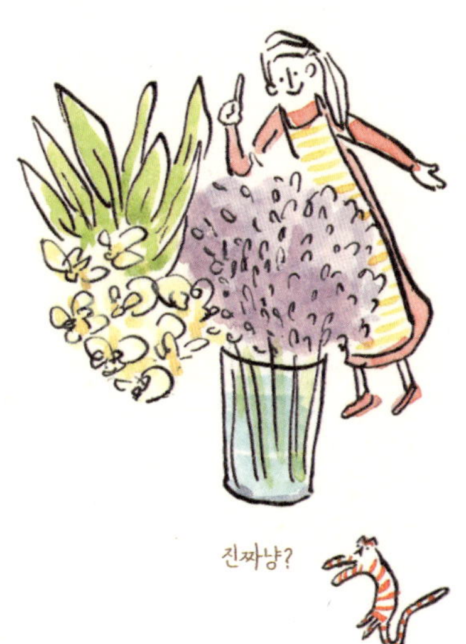

한 송이의 꽃으로도
봄을 선물할 수 있어요.

꼭 한 다발의 꽃이
아니어도 되거든요.

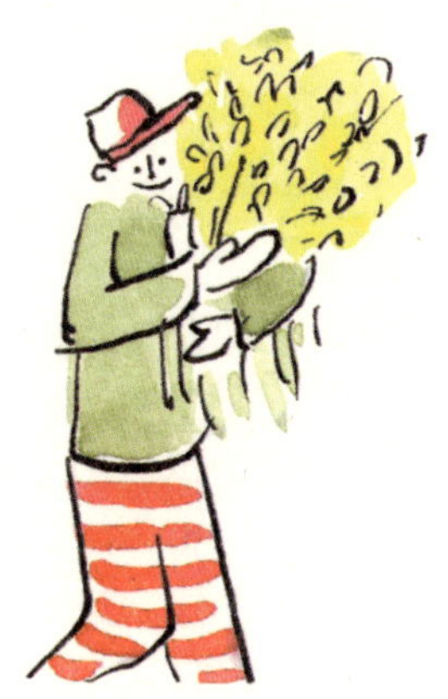

당신의 옆에 있는 사람에게
관심을 표현해주세요.

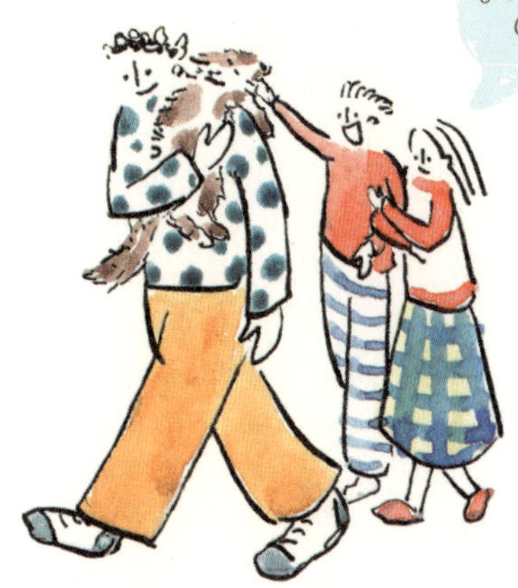

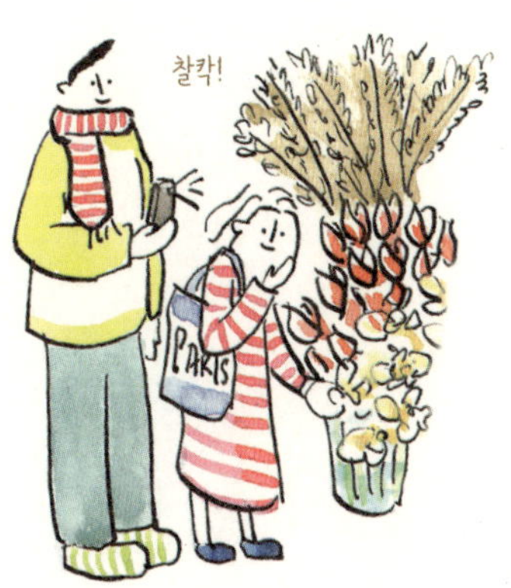

쉽죠?

아무 생각

문득 '괜찮아, 상처받지 않아.' '나는 괜찮아.'라는 말을 하는 사람들이
어쩌면 더 '안 괜찮은' 거일 수도 있다는 생각이 들어.

나보다 상대를 먼저 생각한 거겠거니와,
진짜로 괜찮은 사람들은 정말로 괜찮아서
이 말을 해야 할 필요조차 느끼지 못할 수도 있잖아.
어느 경우에서든 그렇게 단단하게 자라는 거겠지?

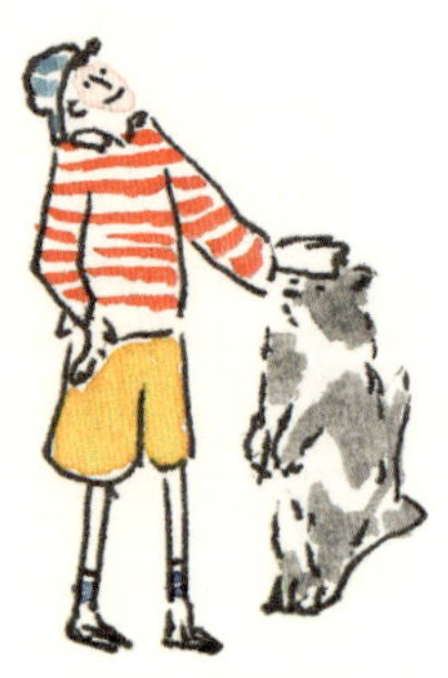

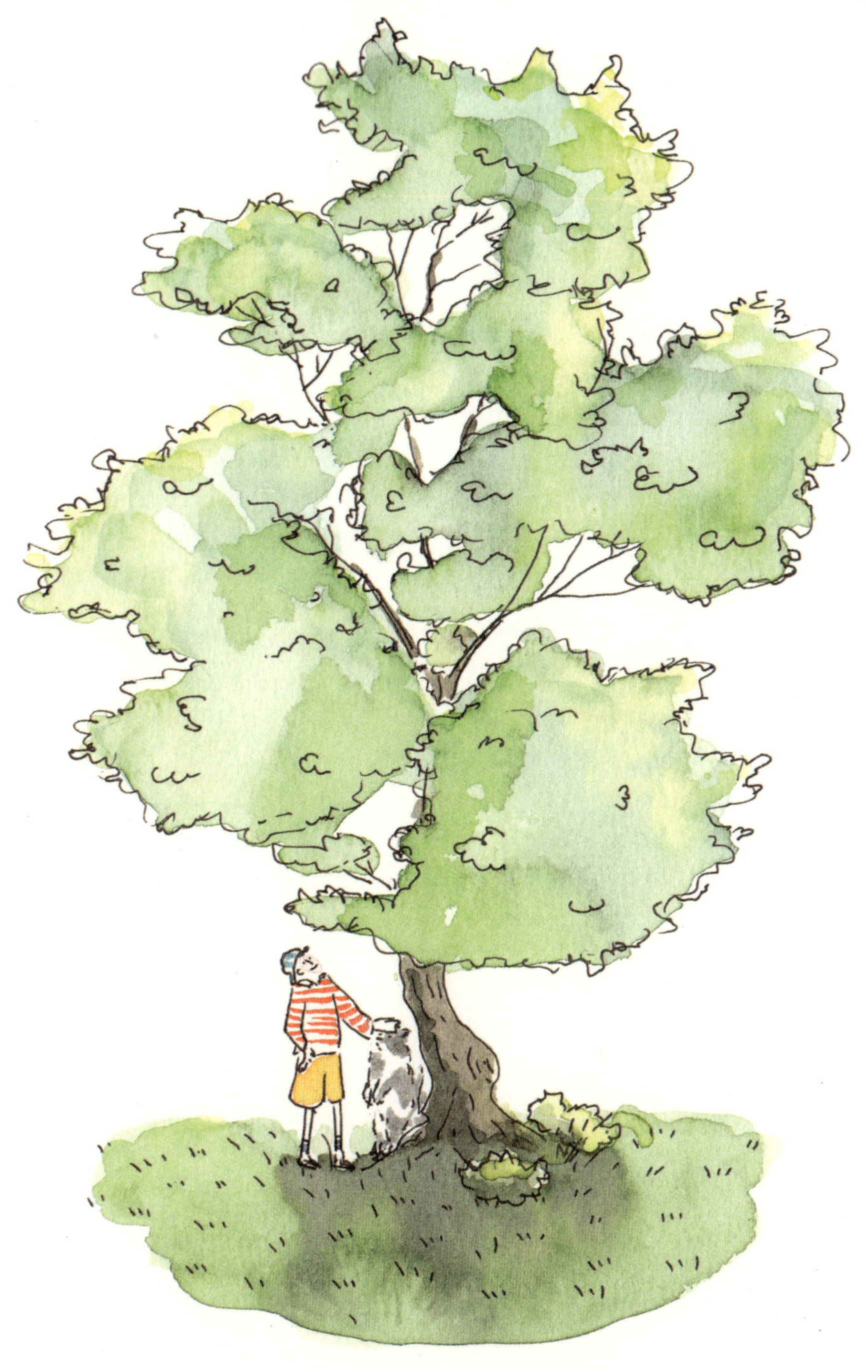

요즘의 책

서점에 들어서면 요즘 우리네 삶을 구경할 수 있다.

첫째, 시간과의 싸움.
30일 만에 정복하라, 7일 만에 완성하기,
하루 5분만 투자하라, 하루 1분으로 성공하기….

둘째, 직장과의 전쟁.
퇴사하고 살아남기, 사수 골탕 먹이기,
직장 사이다 어법 사전, 내 인생 되찾기….

셋째, 나를 위한 위로.
욜로라이프 실천하기, 위로받는 삶,
괜찮아, 할 수 있어, 아프다 청춘이….

완벽하지 못하더라도,
우리는 오늘도 책으로 어떤 부족함을 채워본다.

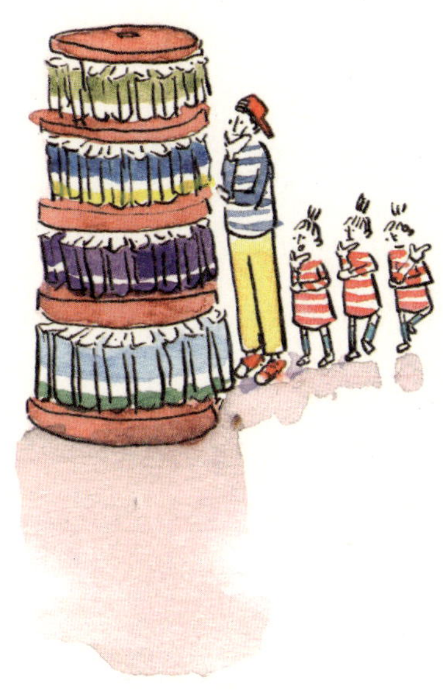

흐으음,
무엇을 읽어볼까나….

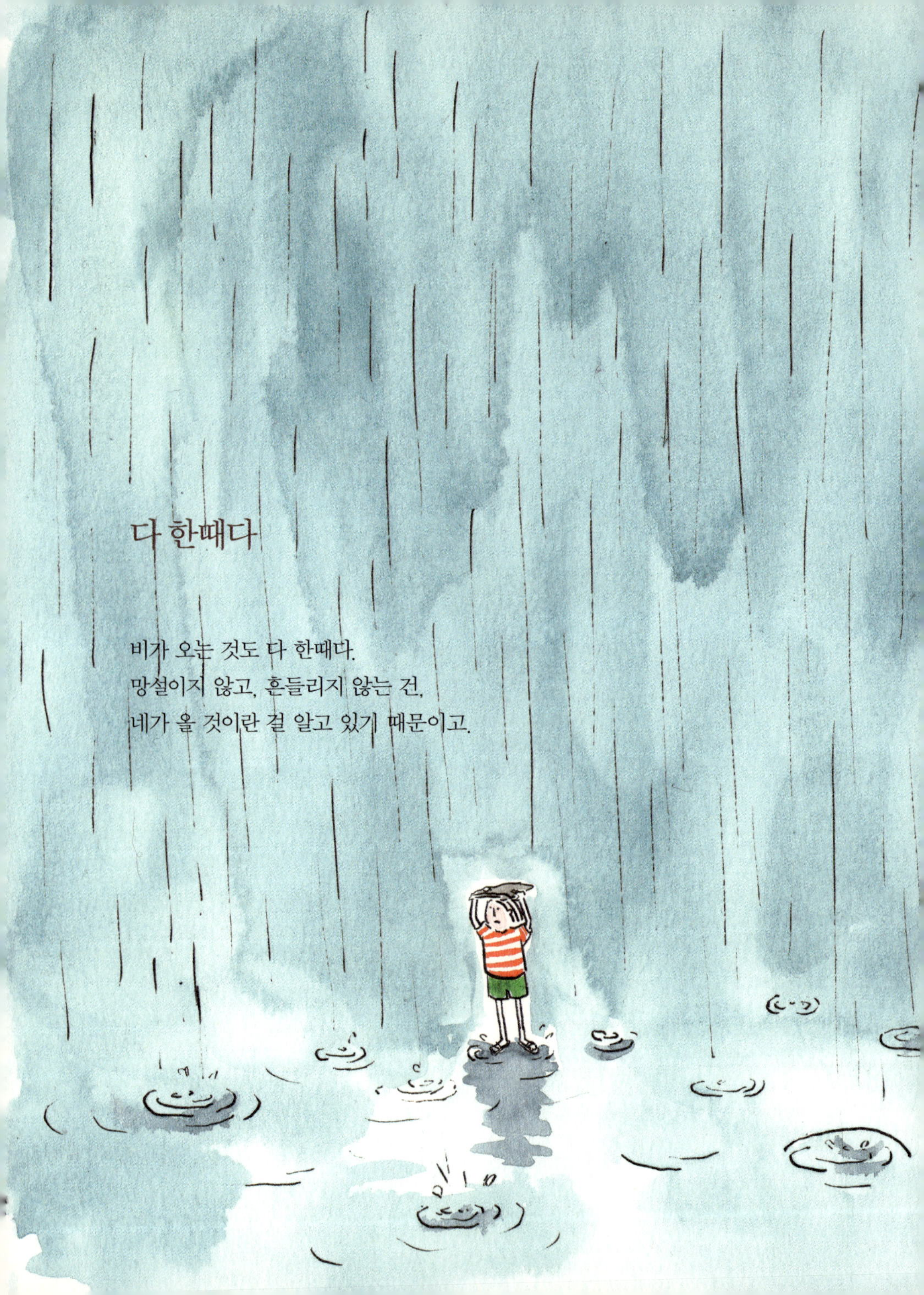

다 한때다

비가 오는 것도 다 한때다.
망설이지 않고, 흔들리지 않는 건,
네가 올 것이란 걸 알고 있기 때문이고.

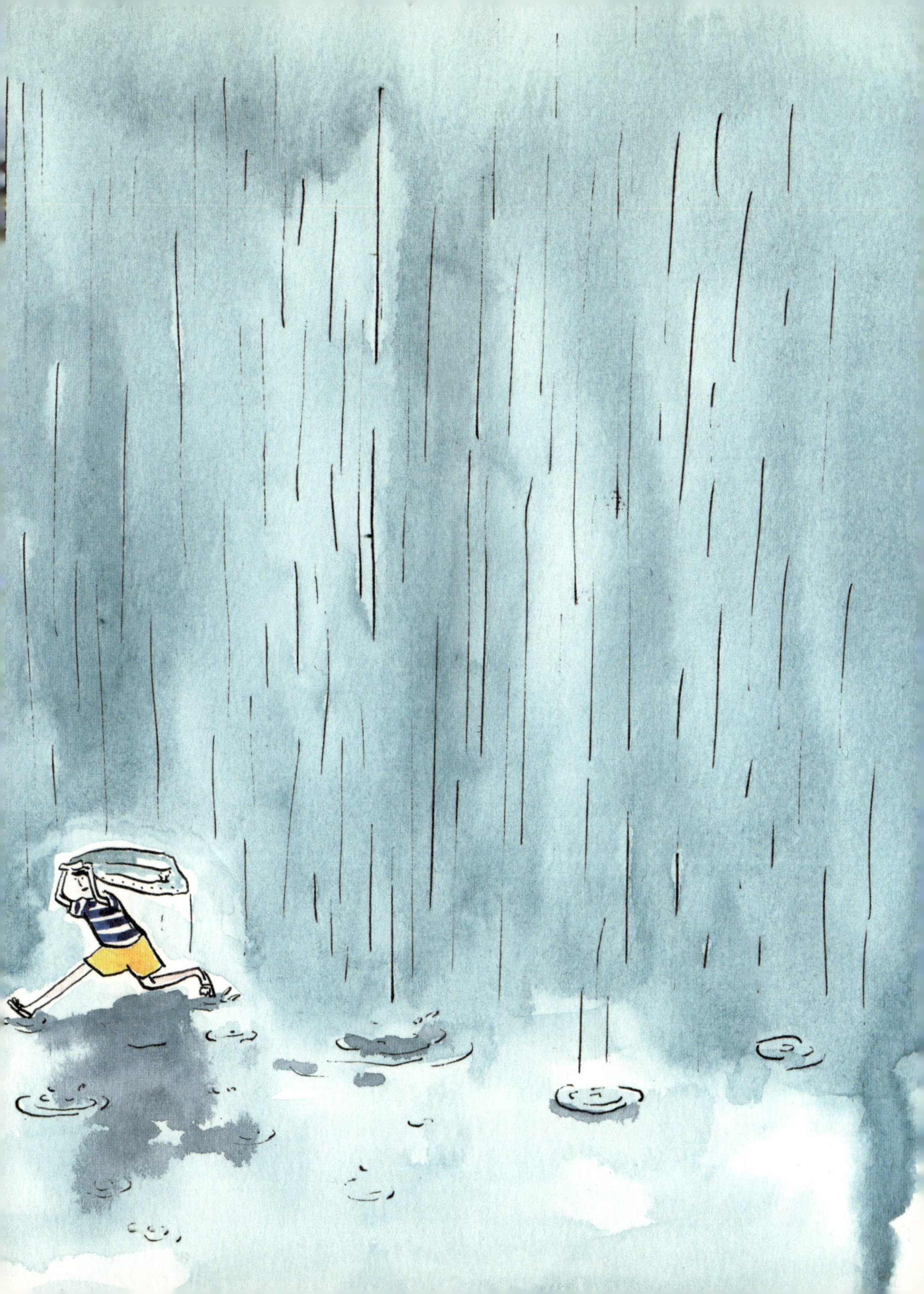

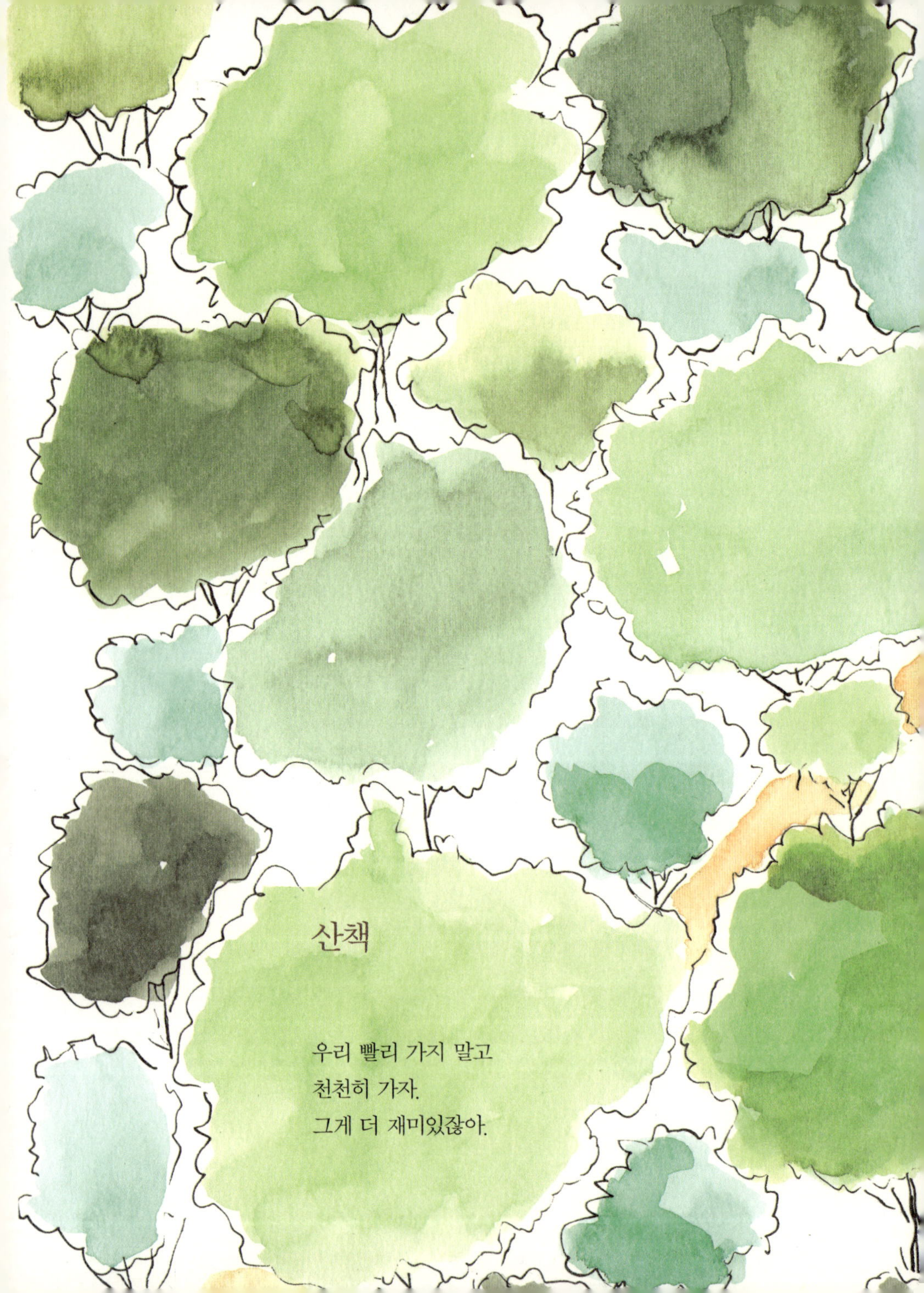
산책

우리 빨리 가지 말고
천천히 가자.
그게 더 재미있잖아.

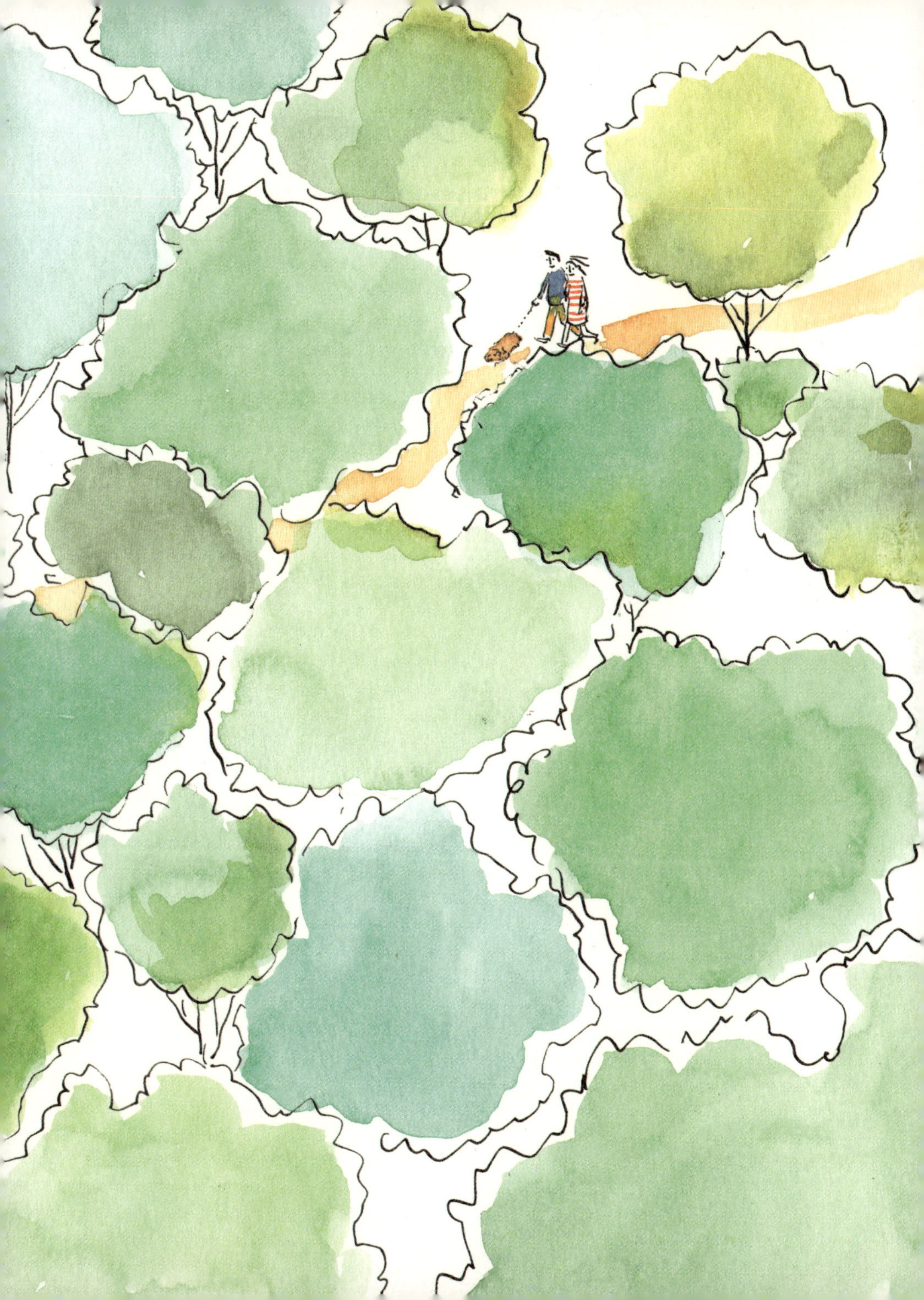

오랜 연애를 하는 커플의 사정

오랜 연애를 하는 커플은 가지각색의
애정 어린(?) 질문과 관심을 받을 확률이 높다.
'네가 더 아깝다.'
'아직도 그렇게 좋냐.'
'결혼은 언제 하냐.'
'권태기는 없냐.'
'연애는 오래 하는 게 아니다'….

그런데 우리를 잘 아는 사람들은 다른 질문을 한다.
"너희는 올겨울에 하고 싶은 게 뭐야?"

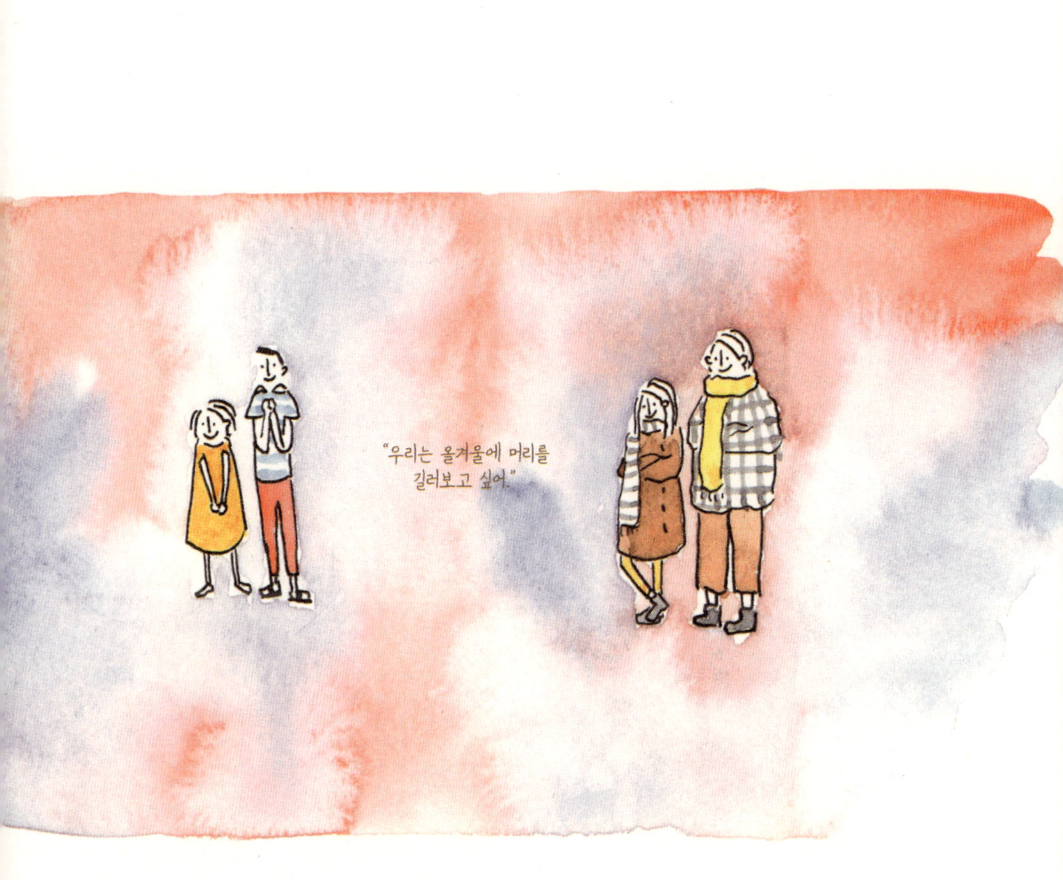
"우리는 올겨울에 머리를
길러보고 싶어"

설렘

계절이 바뀌는 공기는 좋지만,
설레는 마음에 어떠한 선택도 하지 못하게 만들어.

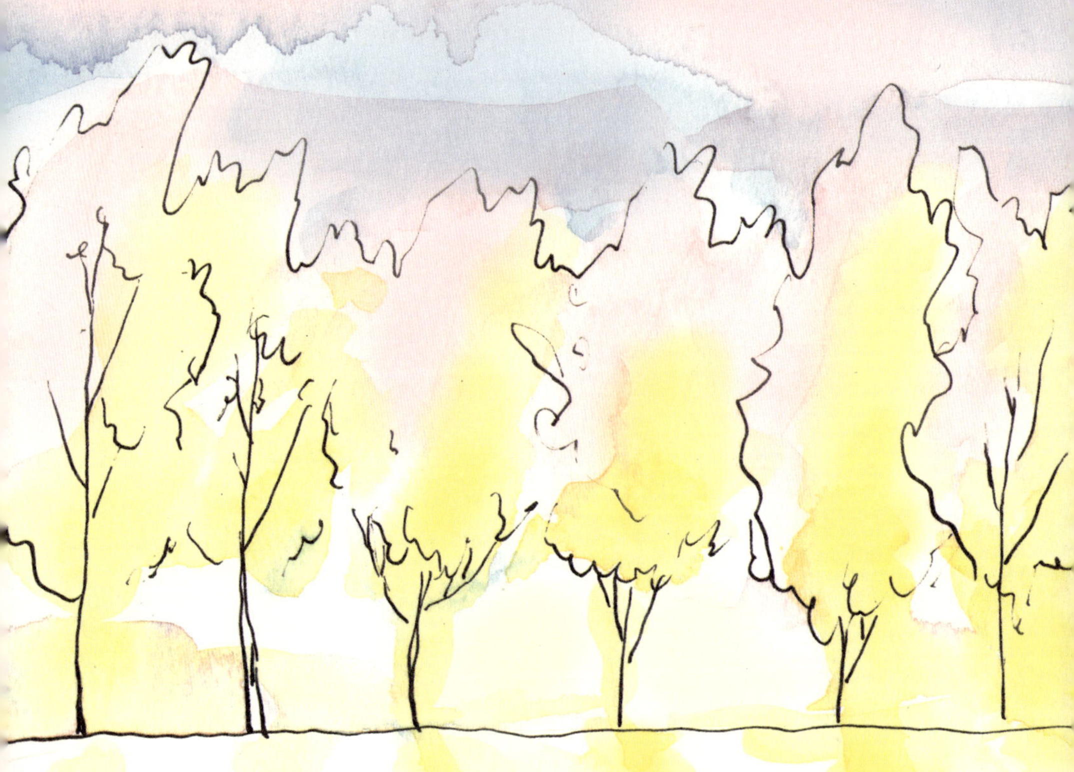

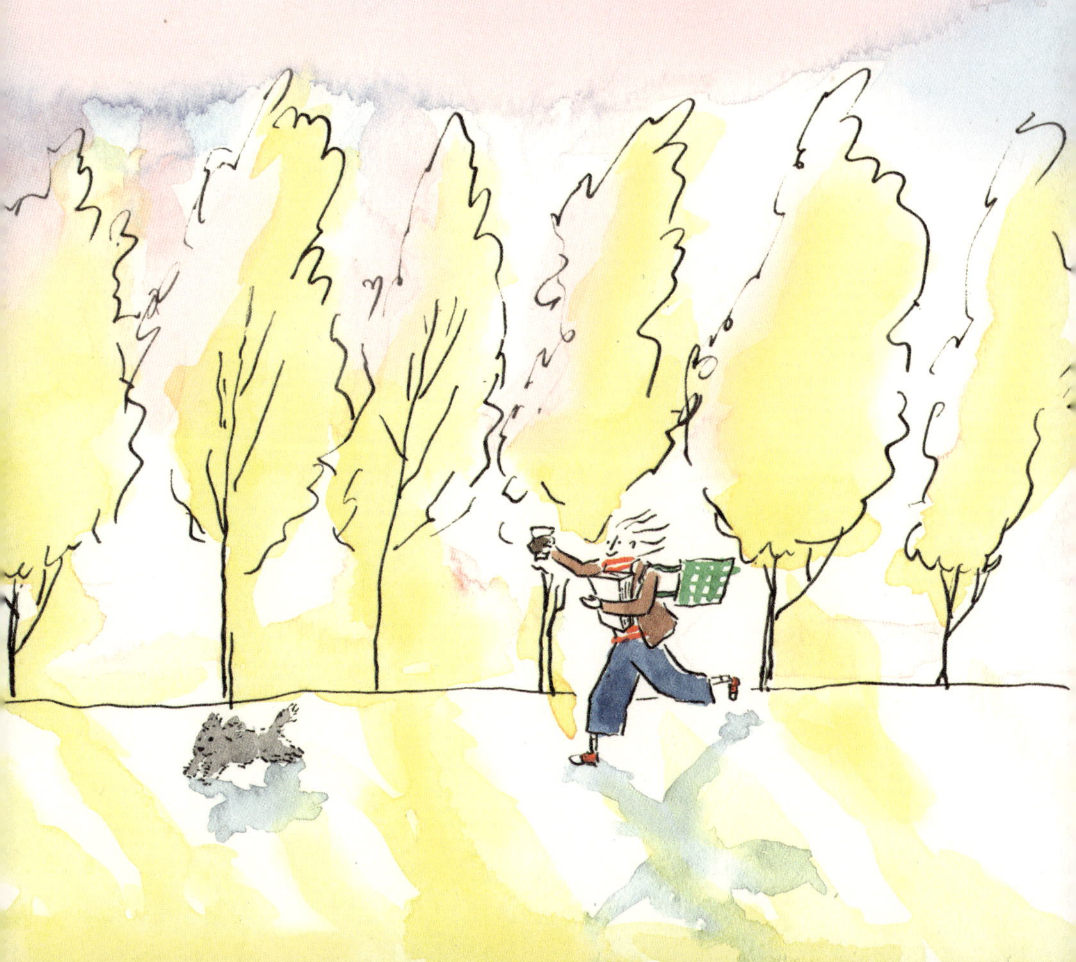
그렇지만,
집에 가면 토스트를 구워 먹자.

우리는 '어거스트 풀먼'을 응원해

'힘겨운 싸움을 하는 모두에게 친절하라.
그가 어떤 사람인지 알고 싶다면, 그저 가만히 바라보면 된다.'

영화 〈원더〉에 나오는 대사다.
우리는 이 시대의 '어거스트 풀먼'을 응원하기로 했다.

(어거스트 풀먼은 영화 〈원더〉의 주인공으로
매력 넘치고 위트 있는, 진정한 '강인함'의 소유자이다.)

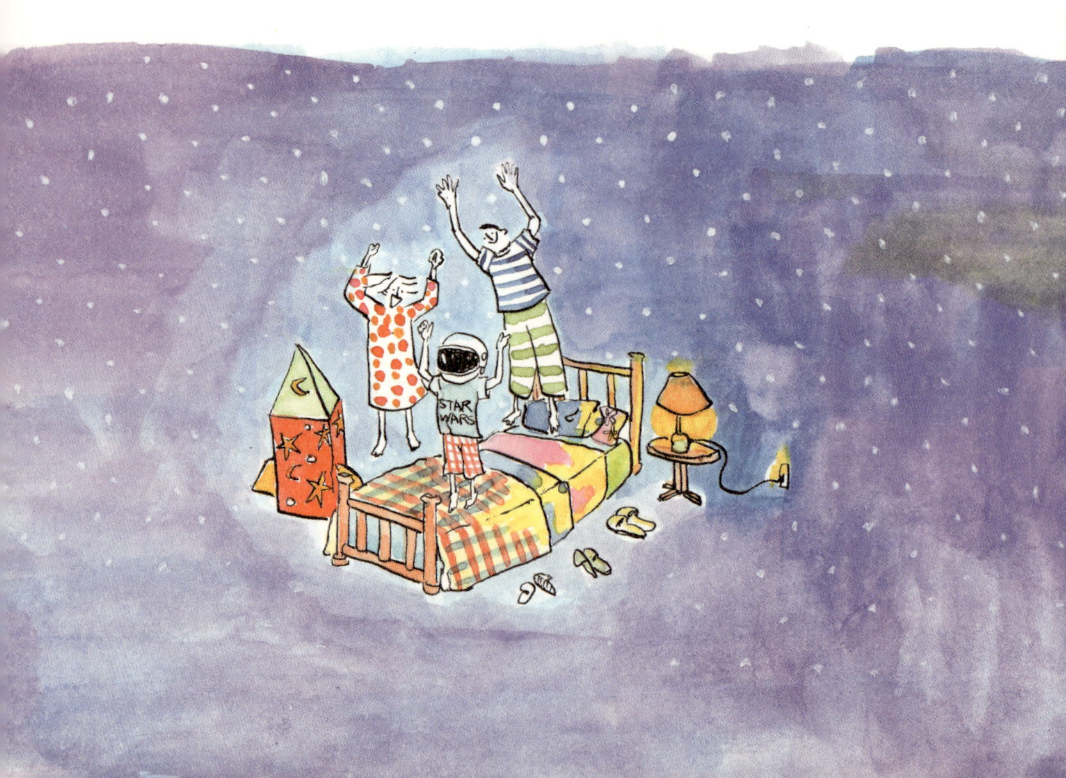

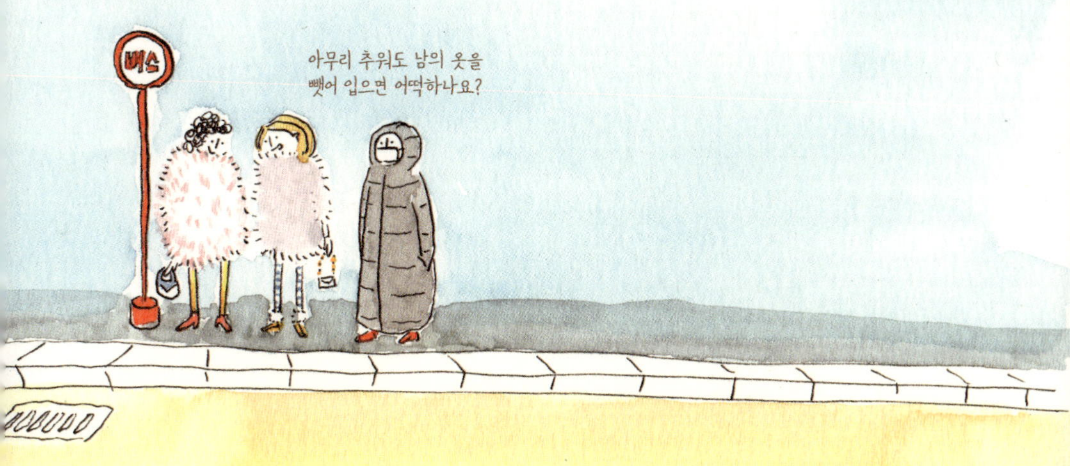

타인에 대한 질투

사람은 완전하지 않으니, 우리가 느끼는 대부분의 감정들은 자연스러운 게
아닐까? 예를 들면, 질투 같은 거 말이다. 사촌이 땅을 사면 배가 아프다는데,
요즘엔 사촌이 취업을 잘해도 윗배가 살살 아픈 게 사실이다.
나는 완전한 인간이 아니므로, 질투를 느끼는 것 또한 건강한 일이라고
생각하려 한다. 물론 남의 것을 빼앗는 그런 질투는 안 되겠지만!

왜 기쁜 건지 모르겠는 하루

이유 없이 기쁜 하루였다.
주책스럽게도 집에 오는 길에 2NE1의 〈Fire〉를 흥얼거렸다.
이렇게 이번 주도 무사히 지나갈 수 있으면 좋겠다.

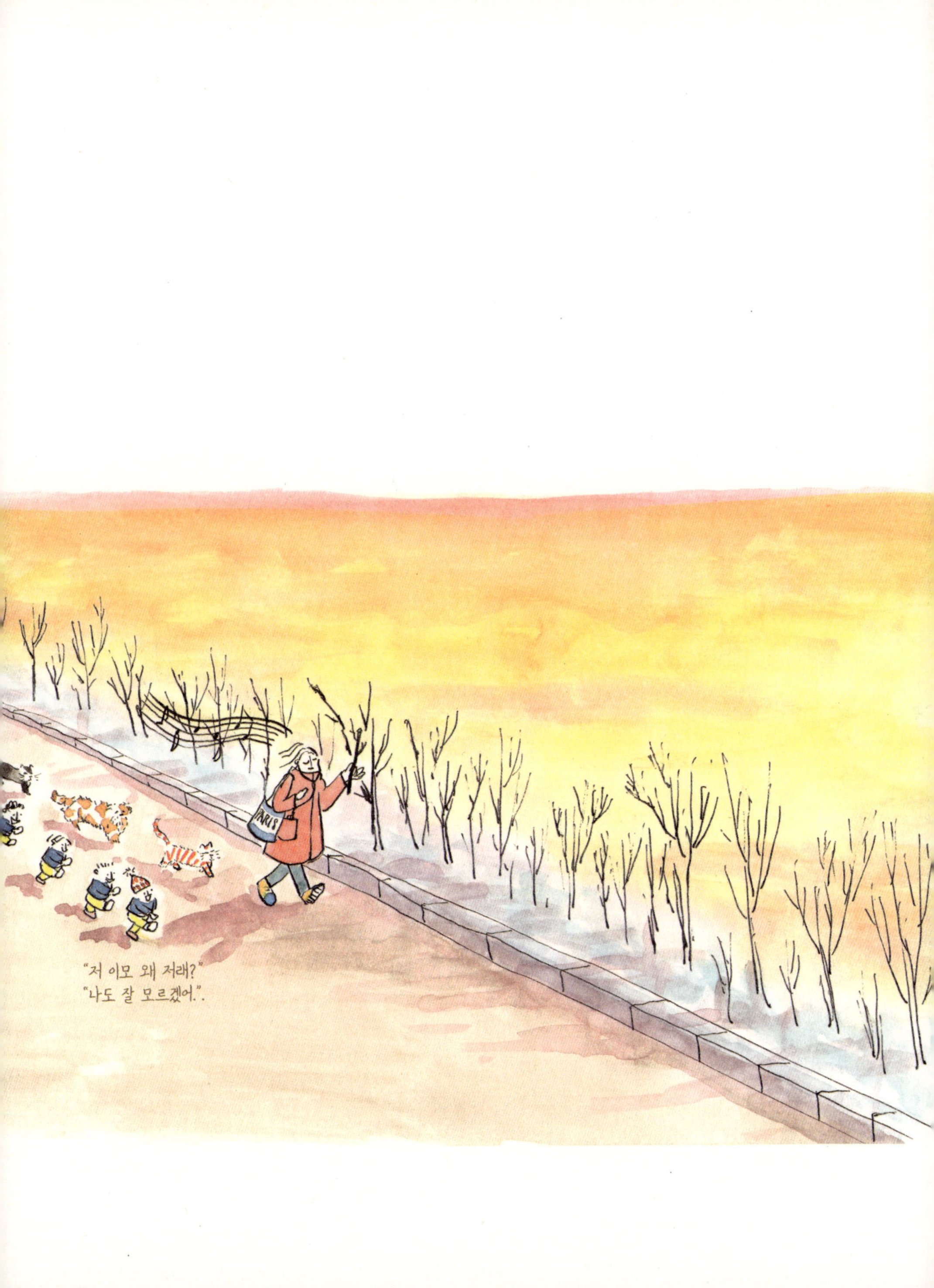
"저 이모 왜 저래?"
"나도 잘 모르겠어.".

어느 금요일이든 있을 법한 일기

아무리 힘들어도 놓치고 싶지 않은 것이 있다.
지친 퇴근 길, 나를 반겨주는 남자친구.
냉장고에서 막 꺼낸 잔에 담긴 시원한 생맥주 한 잔.
두 사람의 잔이 부딪히는 순간,
한 주간의 피로가 사라지는 순간.

이번 주도 수고 많았습니다.

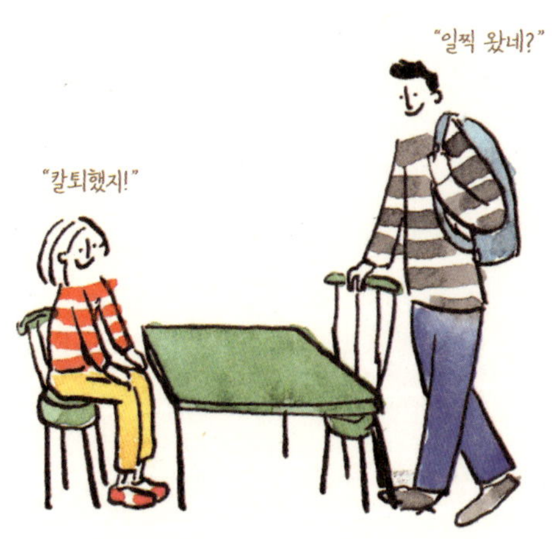

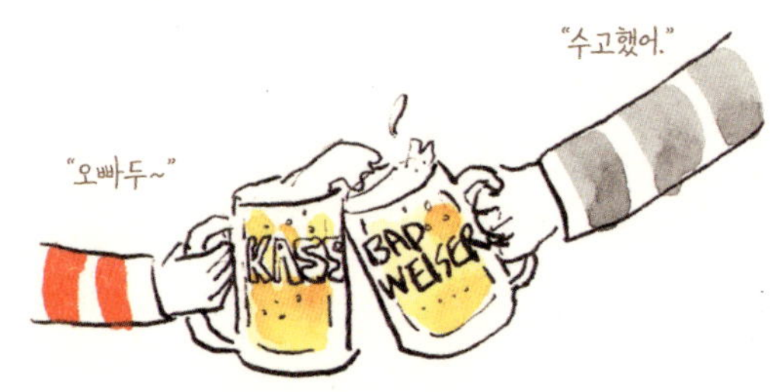

"수고했어."
"오빠두~"
KASS
BAD WEISER

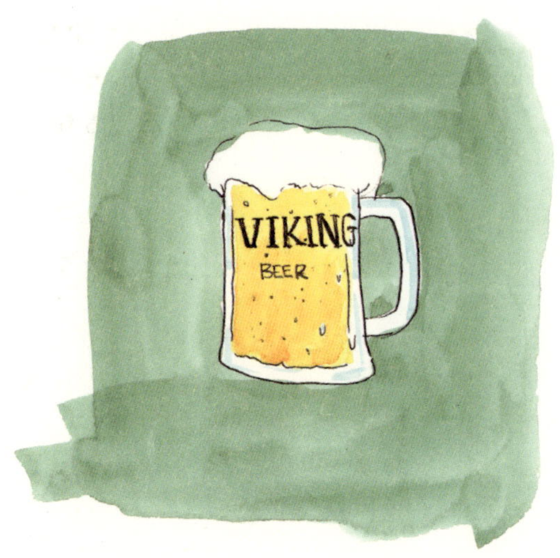

VIKING
BEER

각자의 사정

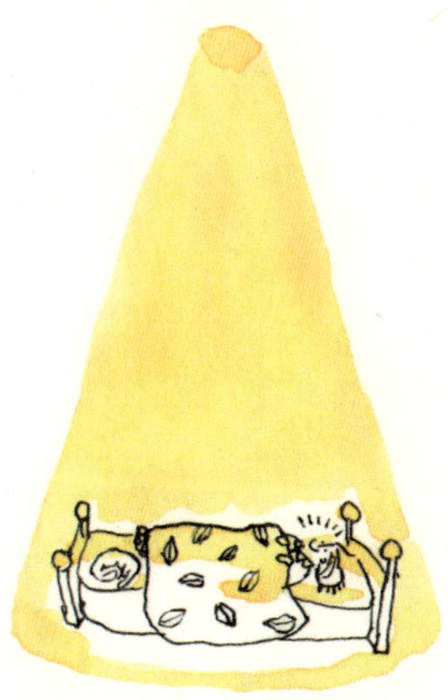

하얀 거짓말

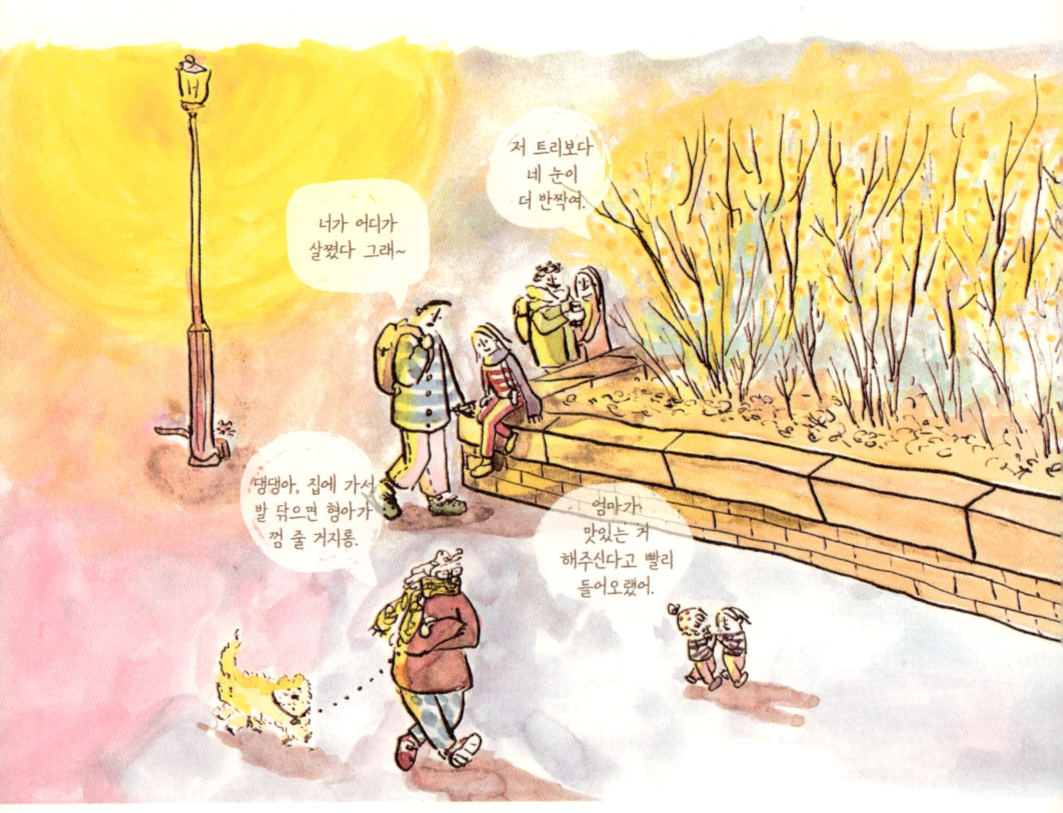

우리는 종종 하얀 거짓말을 한다.
왜 그러는지는 잘 모르겠지만….

야옹~

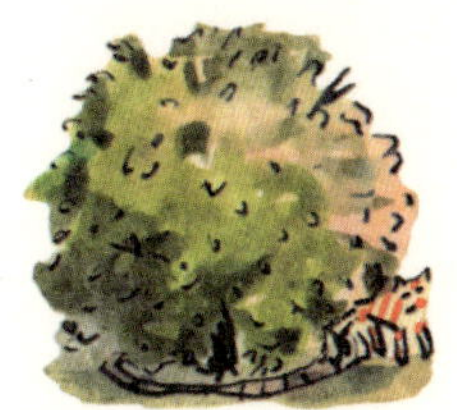

나의 소확행 2

나의 소확행 두 번째는,
집에 가는 길에 동네 빵가게에 들러 빵을 구경하는 것이다.

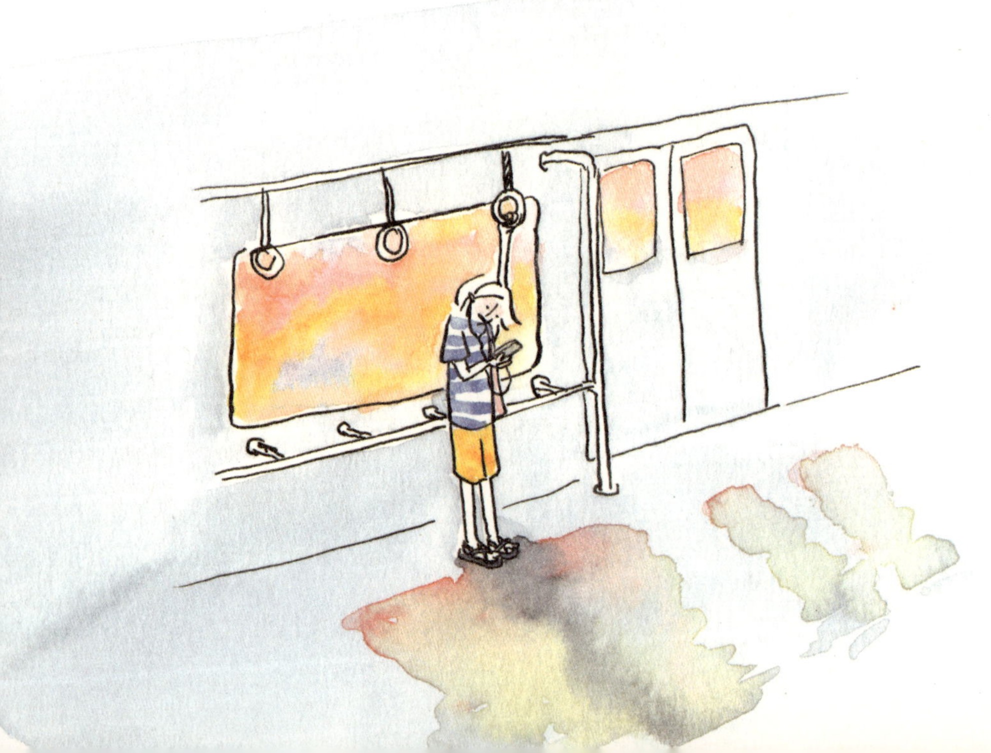

우유식빵, 카레 고로케, 단팥빵, 바게트, 소보루빵….
어느 행복한 하루.

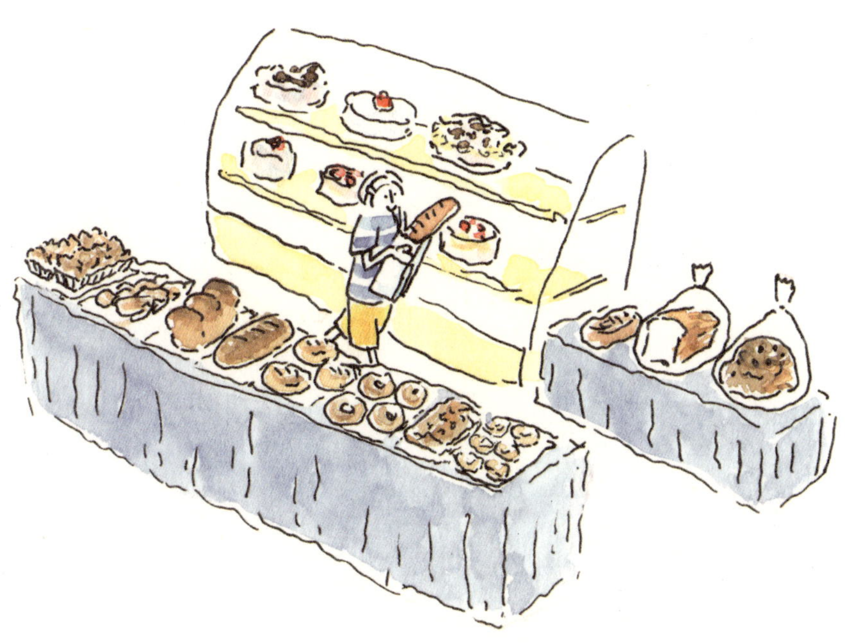

City never sleeps well

오늘도 광화문은 야근 중이다.
나만 수면 부족이 아닌 것을 보며 어설픈 위안을 받는다.

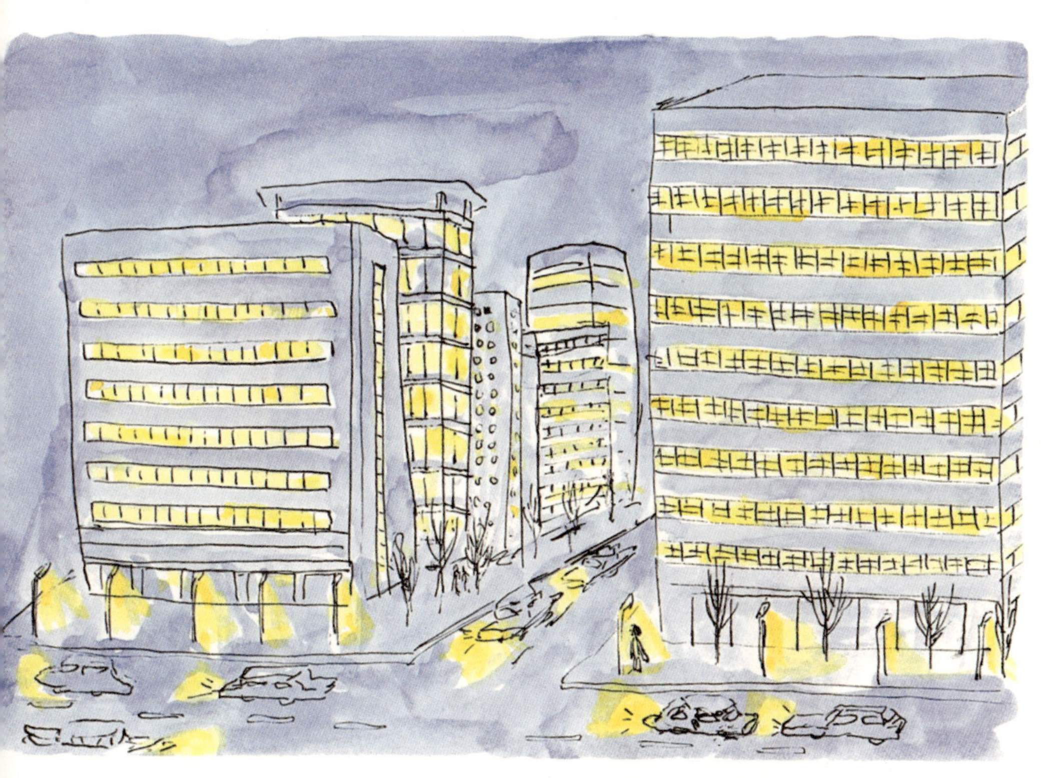

9년째 이렇게

스무 살 대학에서 만나 이십대를 줄곧 함께 보낸 친구가 있다.
그리고 어쩌다 보니 그 친구와 직장까지 같이 다니고 있다.
우리는 주로 "내년에는 이것보다 좀더 나아지겠지?"라는 질문을 한다.
도대체 지금의 삶이 어떻길래 우리는 9년째 같은 질문을 하고 있는 걸까.
삼십대에는 좀 다른 질문을 해봐야겠다.
지금부터 생각해봐야지. 헷.

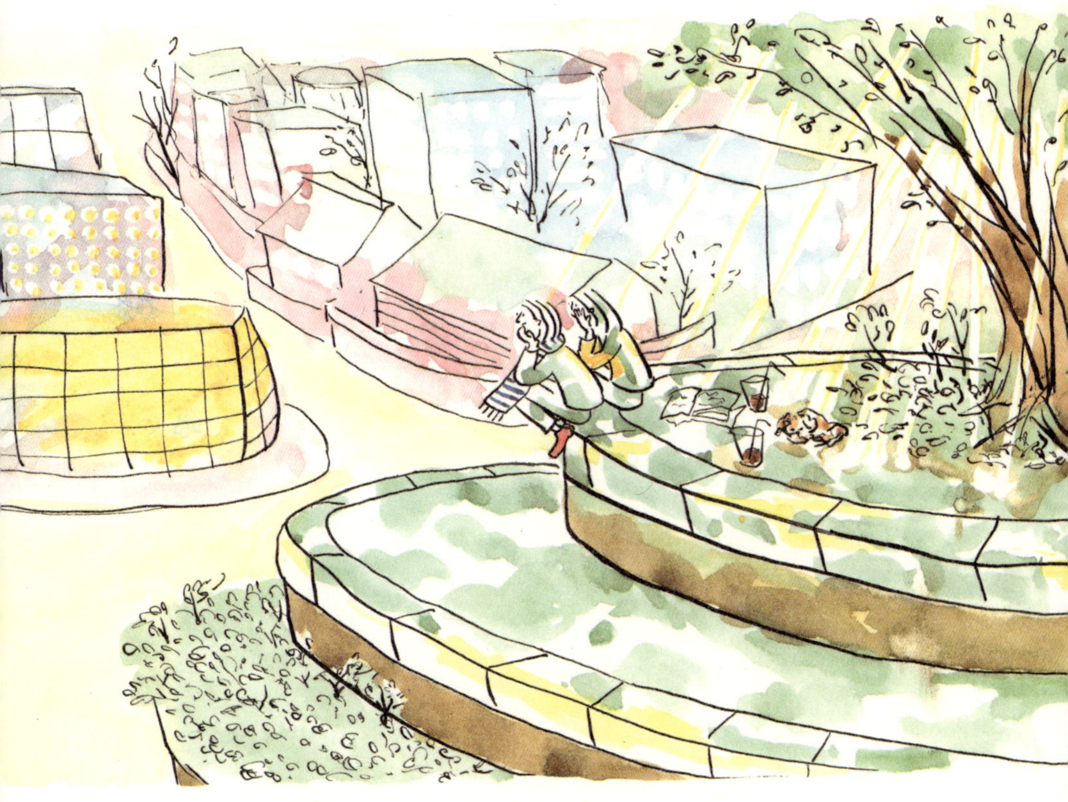

"서른 살에는 진짜로
이렇게 살고 있지 않겠지?"
"응, 그럴 거야 우린."

수요일의 생각

유난히 고단했던 하루였다.
퇴근 후 후다닥 욕조에 물을 받아 뜨끈한 탕에 몸을 담갔다.

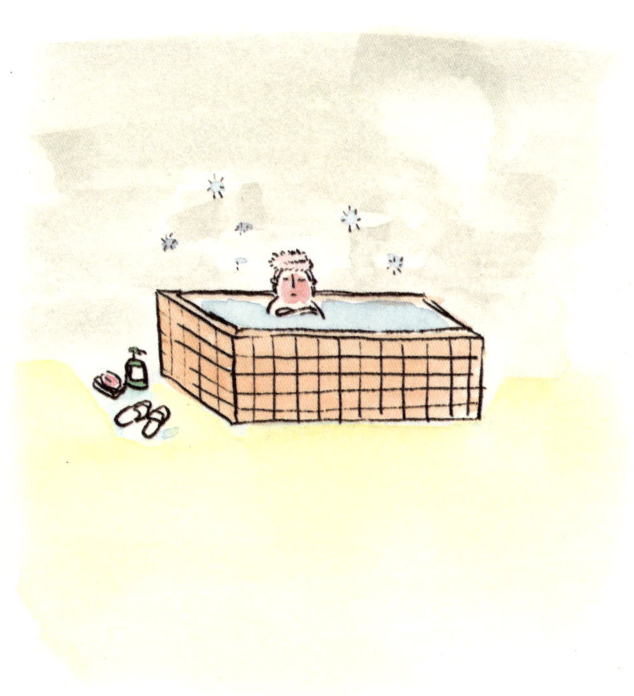

'괜찮아, 내일은 내일의 태양이 뜰 거야!'라며 스스로를 위로해보았는데,
순간 소름이 돋았다.

"아! 아직 수요일이었지!"

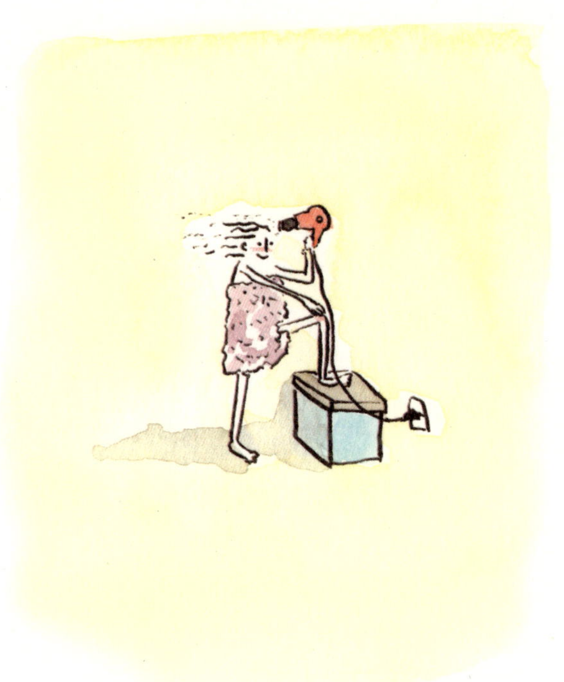

(내일의 태양 = 출근)

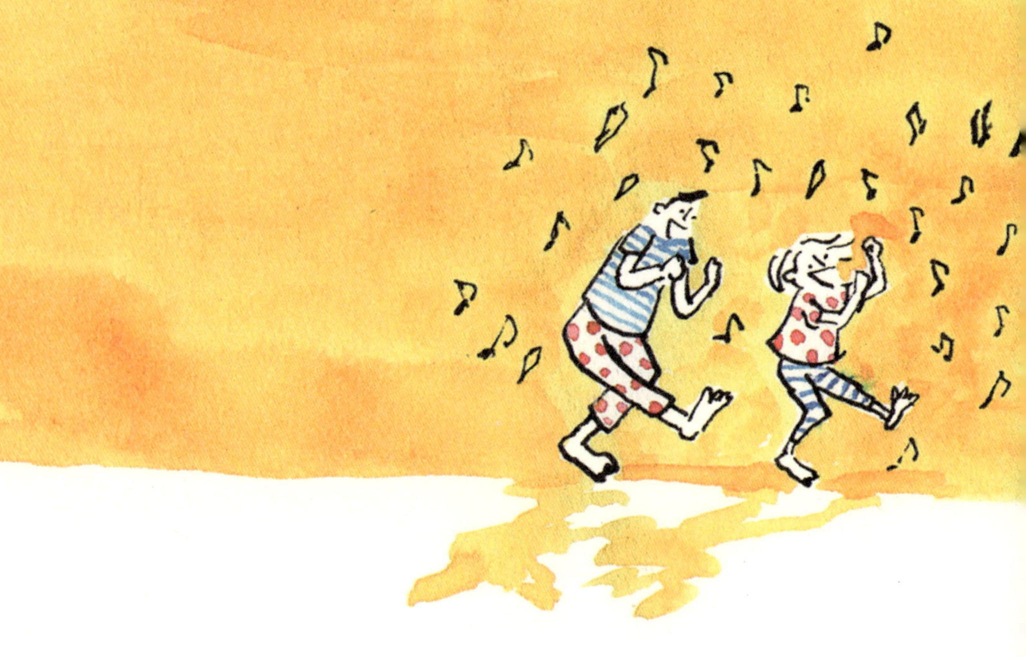

정말 신나는 것

주말보다는 금요일 밤이,
그리고 크리스마스보다는 크리스마스이브가 더 즐거워.
어떤 음식을 먹을지, 얼마나 오랫동안 침대를 뒹굴 수 있을지.
내일을 기대하니까!

이제 곧 연휴다!!!

그런데 일요일이나 긴 연휴의 마지막 날은
도통 기분을 내기 힘드네.
이럴수록 더 신나게 흔들어야지!
내일이 오지 않을 것처럼!

선물 상자

예전에 나는 선물을 받을 줄만 알던 사람이었다.
그런데 지금은 선물을 하는 순간이 좋다.
선물을 고르는 것도, 포장지를 고민하는 순간까지도
나의 기쁨이다.
연애를 하기 전에는 몰랐던 선물의 의미.
선물은 받는 사람보다 주는 사람이 더 기쁘다.

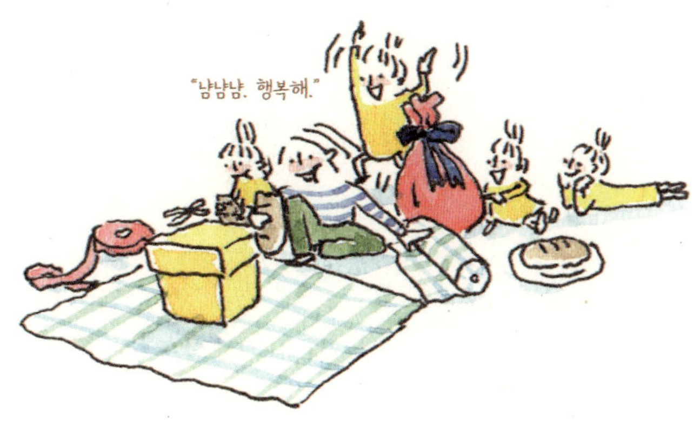

"냠냠냠. 행복해."

그들만의 철학

아이가 생각하는 속도를 기다려주고,
아이가 좋아하는 것을 판단하지 않는,
영화배우 봉태규와 사진작가 하시시박 부부가 좋아.
아이를 키우는 그들만의 방식이 있어서.

나의 생각을 갖는다는 건 이렇게 멋진 일이야.

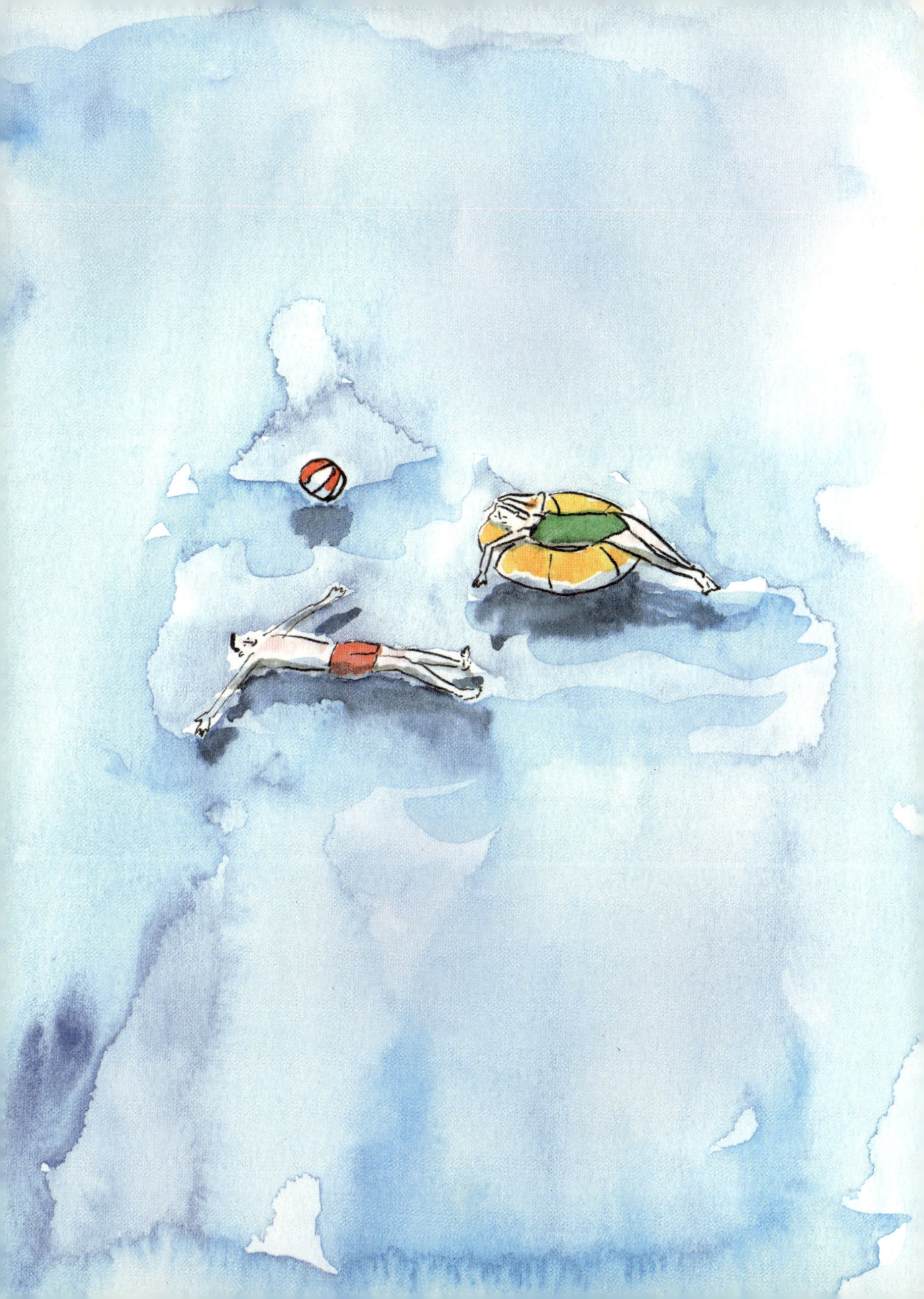

각자의 사정

내가 아는 누군가의 모습 너머에 또 다른 모습이 있을 수 있다.
내가 알고 있는 게 전부가 아닐 수 있다.
누구에게나 말로 표현할 수 없는 사정이 있다.

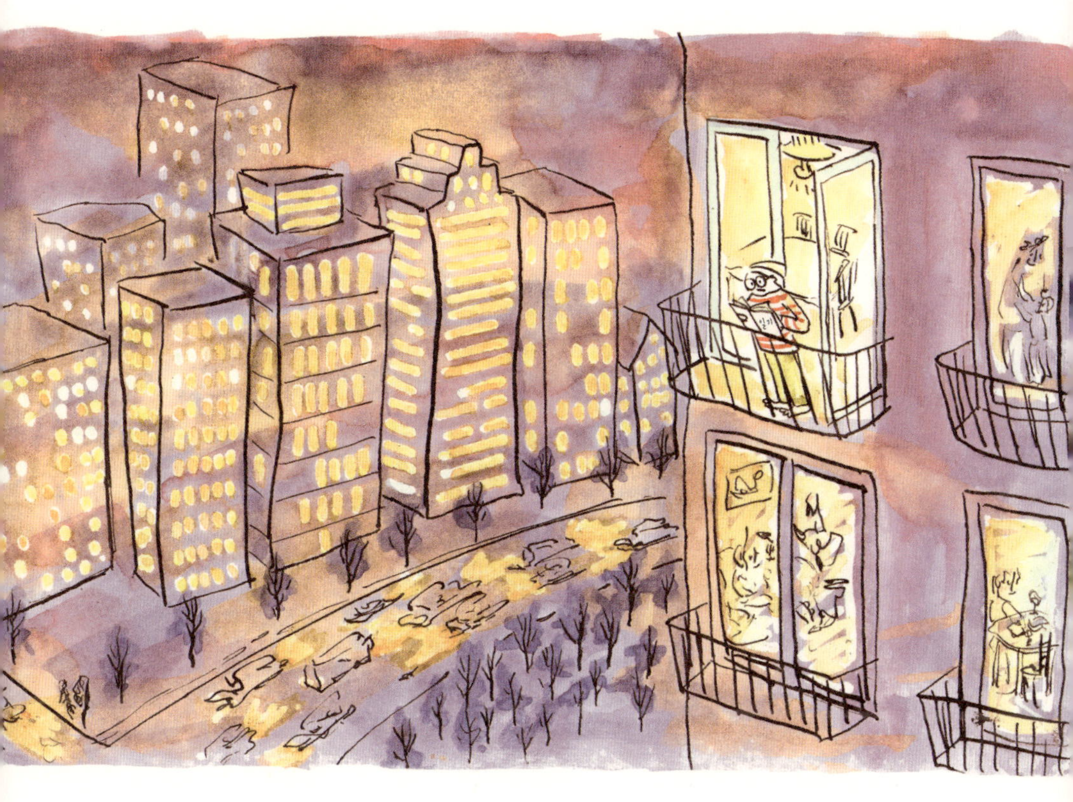

"일기에 적어야지."

돌이켜보면

돌이켜보면 아무 이유 없이 일어난 일들은 없었다.
그러니 누군가를 원망할 것도,
과거의 나를 미워할 필요도 없다.
모든 일에는 다 이유가 있으니까.

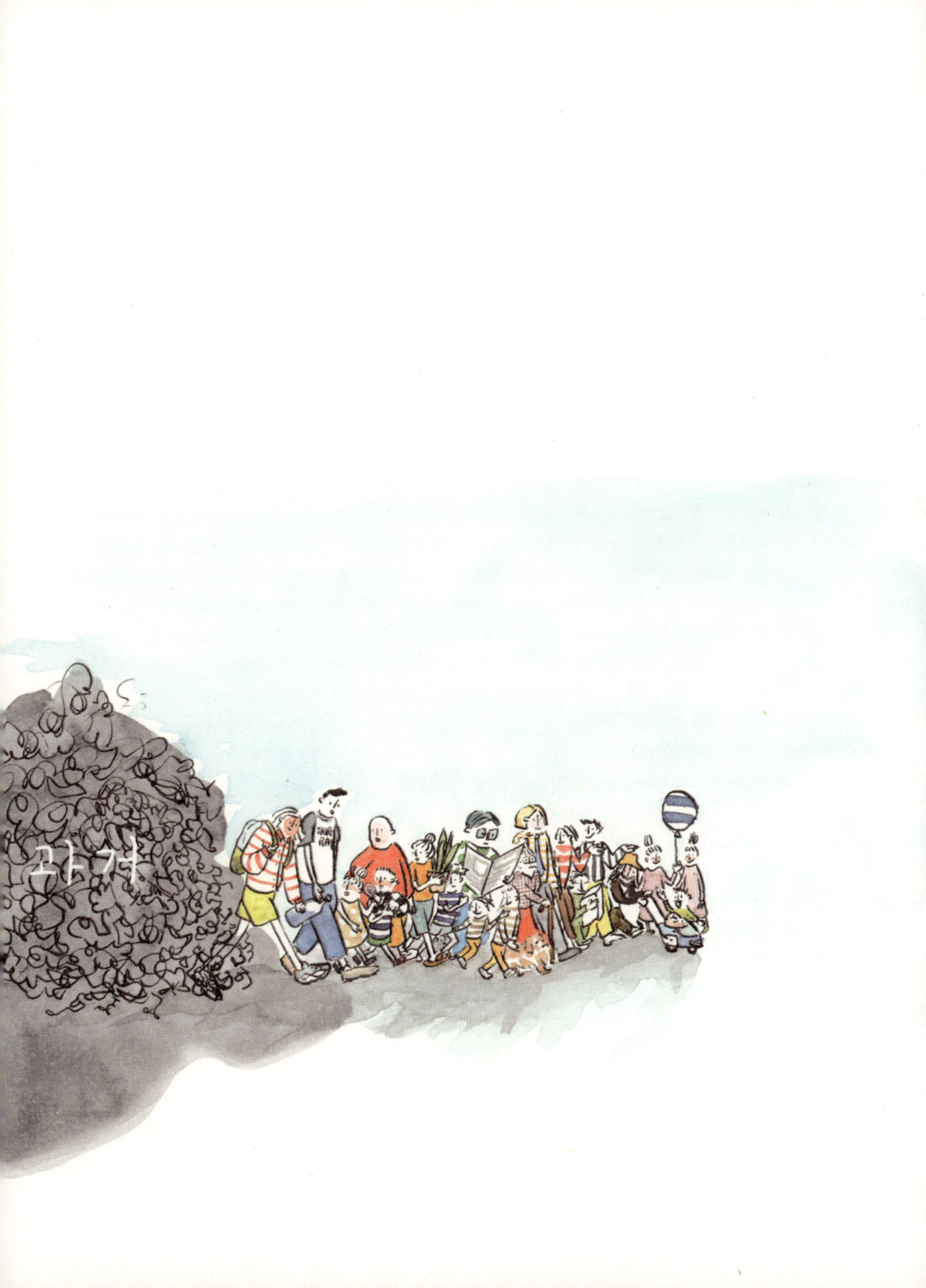
과거

인생은 시험의 연속

이때까지만 해도 몰랐다.
몰라도 너무 몰랐다.
인생은 시험의 연속이라는 것을!

나는 어릴 적에 주어진 것만 열심히 하는 학생이었다.
그렇다고 성적이 뛰어나게 좋거나 대단한 무언가를 이루어낸 것은 아니다.
그래서인지 착한 학생이었던 나에게 일종의 배신감을 느낀다.
이럴 줄 알았으면 좀더 마음껏 놀 것을….
어차피 취업을 하자마자 퇴사를 꾸는 삶의 연속인 것을!

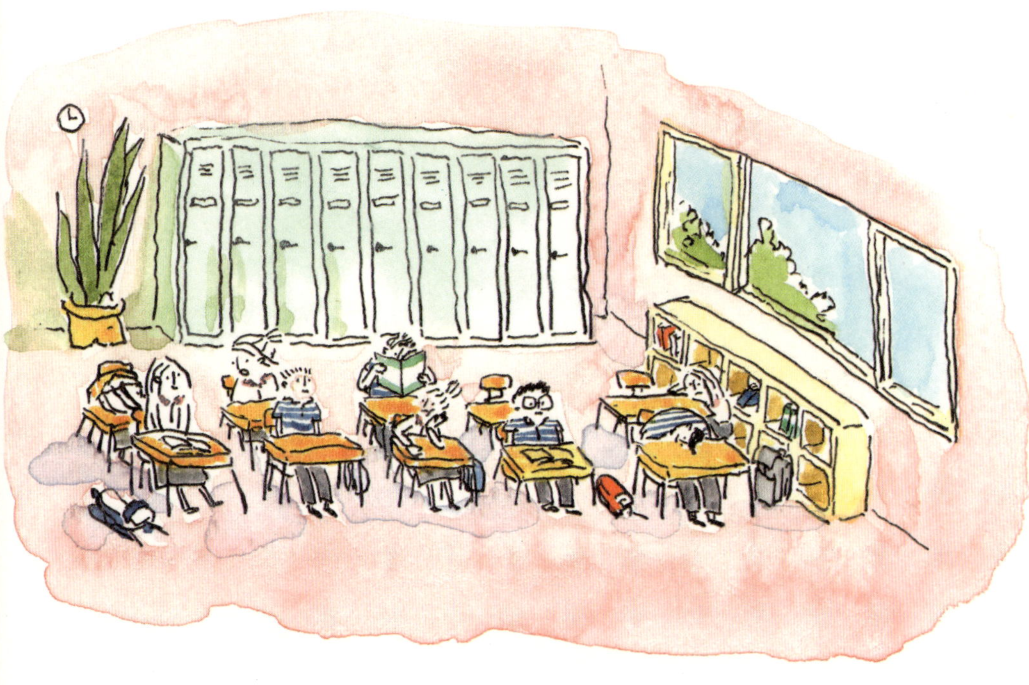

정말 쉬워!

네가 나를 도와줄 수 있는 정말 쉬운 일이 하나 있어.
내 이야기를 들어주는 일이야.
자세히 기억하지 않아도 돼.
어차피 나도 말하고 나면 잊어버릴 고민들이니까.
준비됐니?

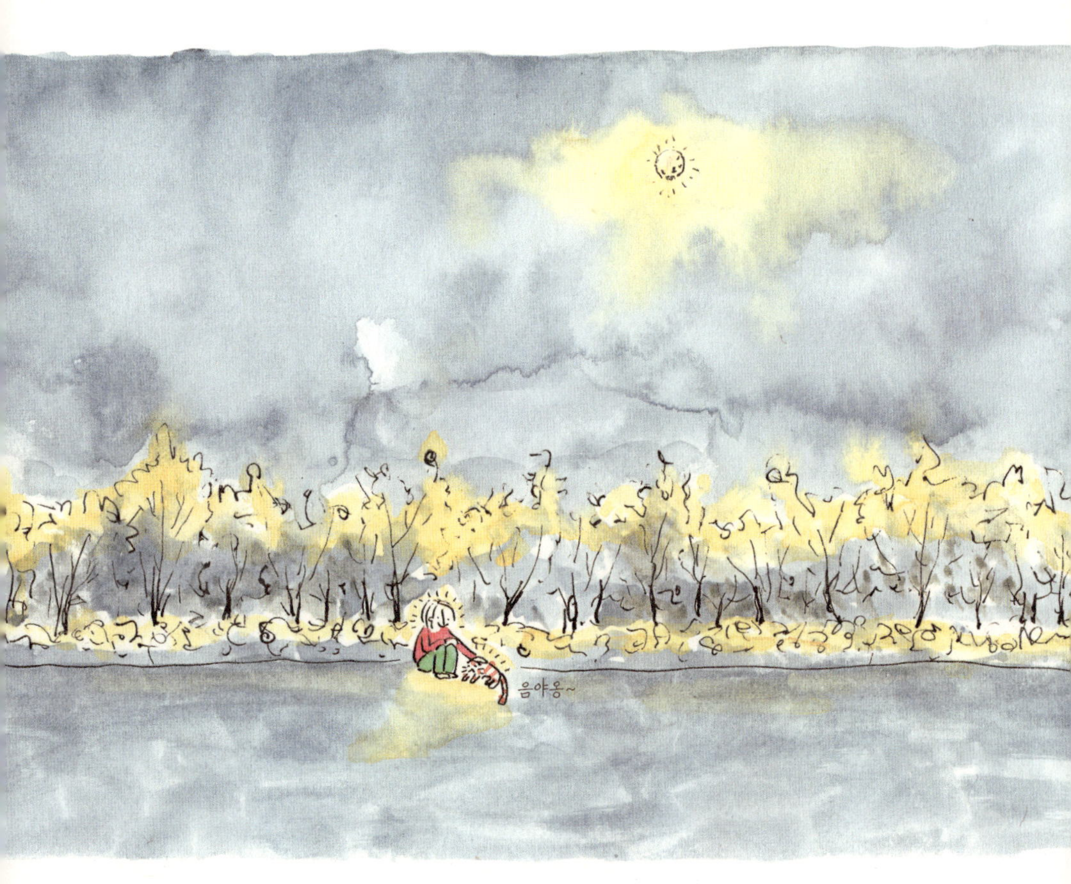

음아옹~

나의 선택

매월 마지막 주 수요일은 다양한 삶의 모습을 영위하는 삼십대 모임인
'월간서른'이 열리는 날이다. 이번에는 서른 살이 되어 결혼 대신 '야반도주'를
선택하신 김멋지·위선임 님께서 연사로 나왔다.
십 년 지기 친구였던 두 사람은 서른 살이 되던 해 세계여행이라는 선택지를
들었다. 강의를 들으며 이런 생각이 들었다. 우리의 삶을 이끄는 것은 특별한
능력이나 타고난 무엇이 아니라, 매 순간 우리의 선택이구나.

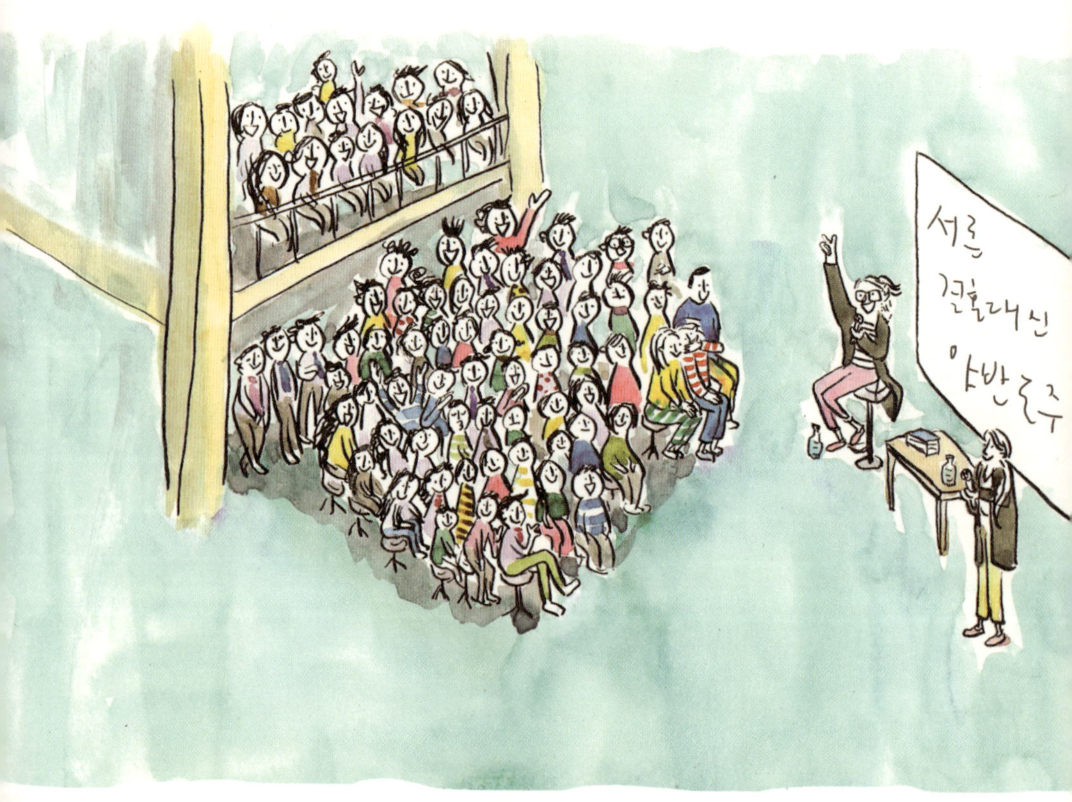

그래서 친구에게 물었다. "우리도 다 그만두고 세계여행이나 가볼까?"
왠지 내 친구 최 대리는 내가 무엇을 선택하든 응원해줄 것 같았다.
김멋지·위선임 연사님도 서로가 서로의 선택을 응원했기에 긴 여정을 마칠 수
있었고, 앞으로도 나아갈 것일 테니.

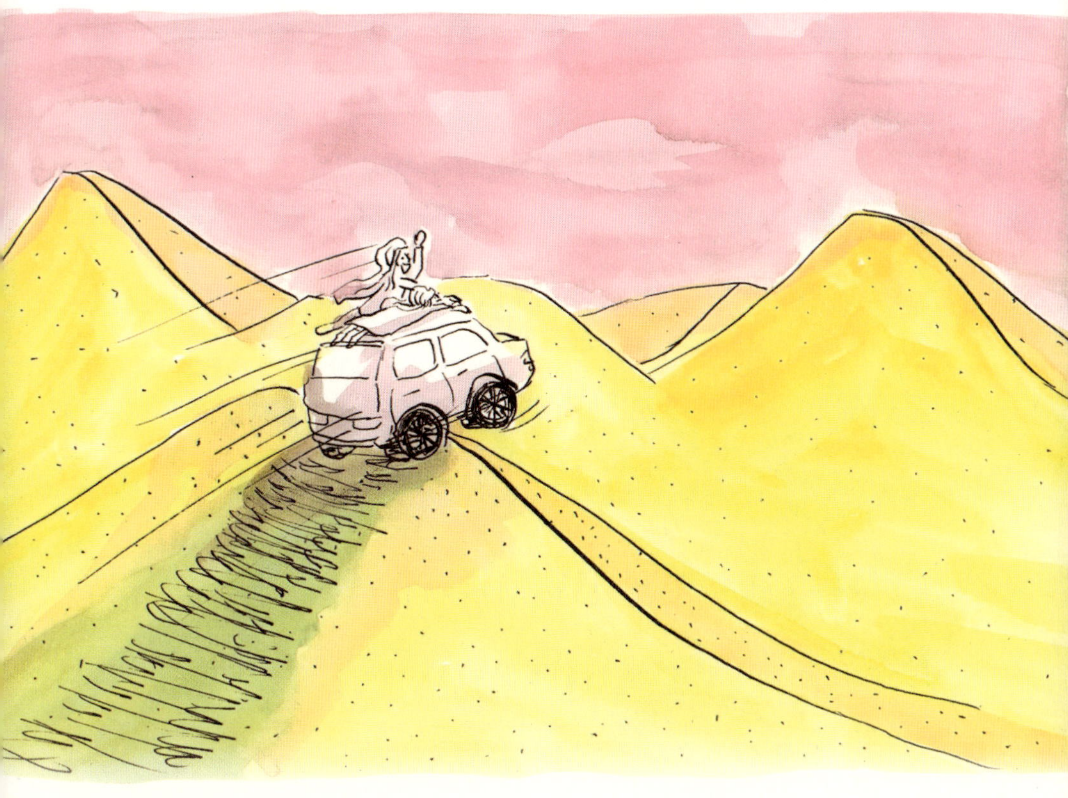

오래된 기억

횡단보도에서 (의도치 않게) 타인의 대화를 엿듣게 되었다.
"내가 왕년에는 길가다가 번호도 따이고 그랬는데!"
"왕년에 안 그랬던 사람이 어딨냐!"

사람들은 이미 지나가버린 시간에 영원한 가치를 부여하고 싶어 하는 것 같다.
이런 행위로 자신을 좀더 미스터리한 존재로 남기고자 하는 욕구가 아닐까.
지나간 연인과의 추억도, 학창시절 속 나의 모습도 그렇다.
이래서 각자의 입장이 다르다는 말이 있나 보다.

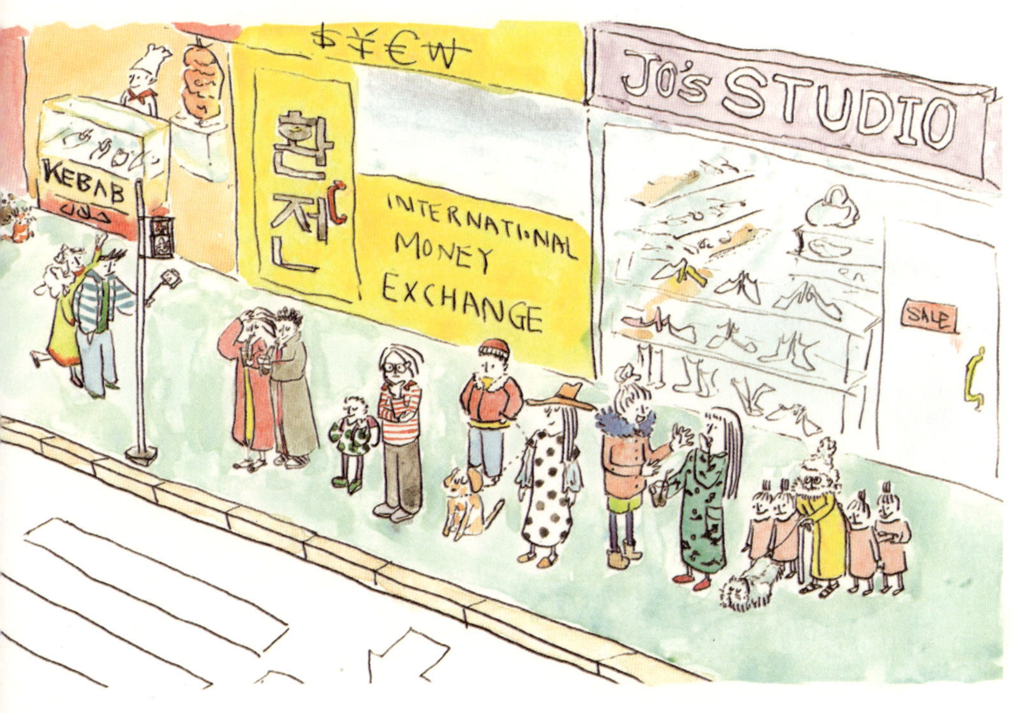

"내가 지금이야 좀 활발하지, 어릴 때는 정말 소심했었어.
친구들한테 말도 못 붙이고 그랬다고!"
"어머머 네가? 말도 안 된다야~"

경제적이고 싶은 밤

화창하던 어느 오후, 친구들을 만나 신나게 수다를 떨었다.
"어머머!"
"세상에 너무 웃겨!"
"낄낄낄."

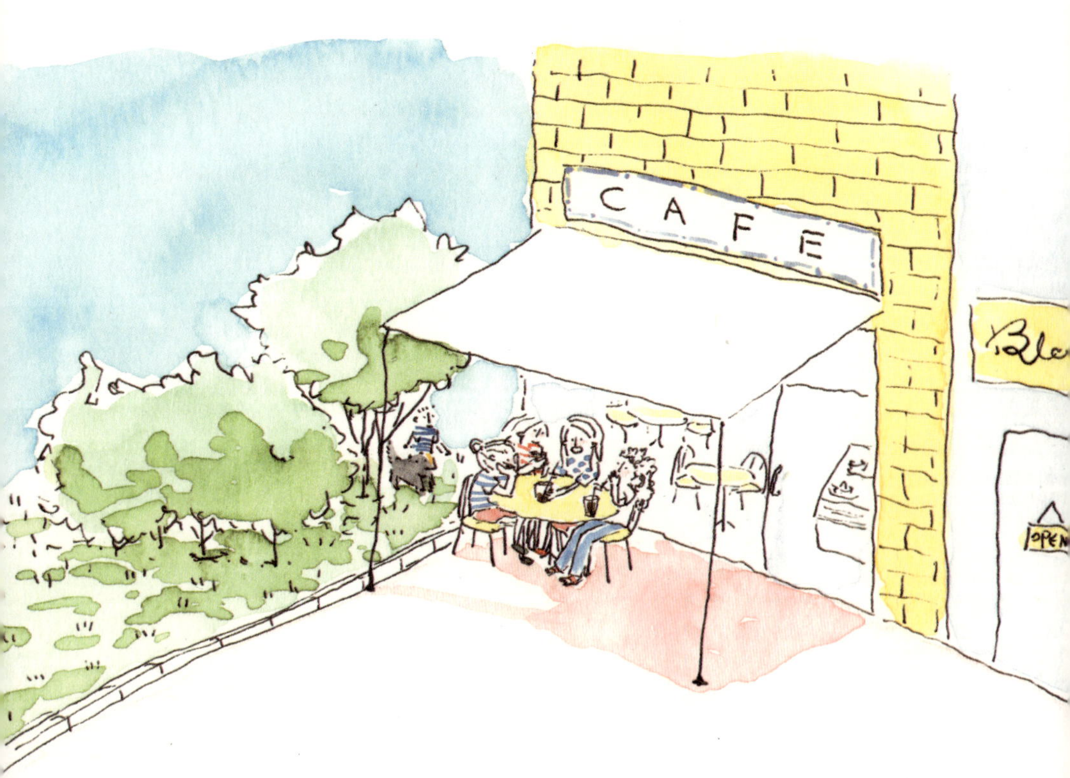

그런데 그날 밤 잠자리에 누워 하루를 돌이켜보니
굳이 하지 않아도 될 말을 했다는 생각이 들었다.
말을 할 때도, 글을 쓸 때도 경제적이고 싶다.

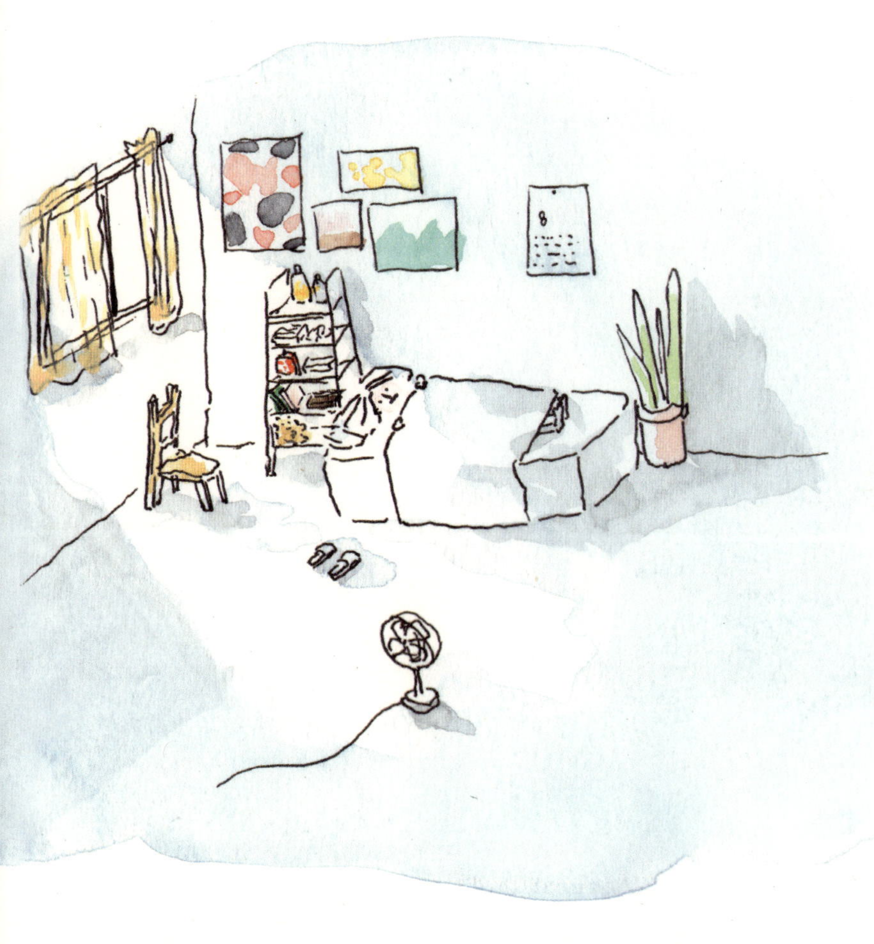

제주도 빵가게 방문기

독립 출판 공부를 하다가 알게 된 친구가 제주에 빵가게를 열었다.

"와, 생각했던 것보다 더 멋지다!"
"고마워."

나는 친구의 제주살이가 너무 부러웠다. 그런데 친구는 막상
바닷가에 살다 보니, 사람 사는 것은 다 똑같은 일이라고 했다.
그런데도 나는 계속 그의 무언가가 부러웠다.
"이제 삶에 정착을 하고 싶어서 가게를 시작했는데, 또다시 모험이
시작된 거 같아." 친구가 말했다.
'아, 내가 부러운 것은 끊임없이 꿈을 꾸는 삶이었구나.
그에게 초조한 마음이 조금이라도 있다면,
그것은 이제 막 시작했기 때문일 거야.'

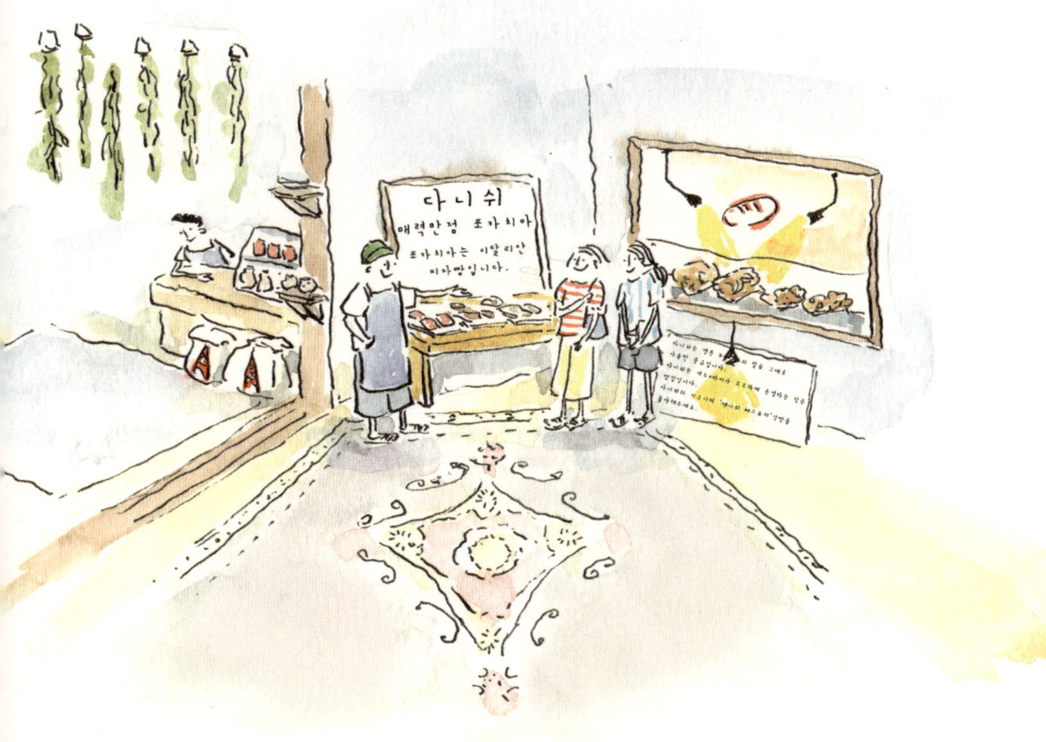
다니쉬
매력만점 포카치아
포카치아는 이탈리안
피자빵입니다.

빵집을 나오며 친구와 이야기했다.
"역시 꿈이 있단 건 참 멋진 일이네."

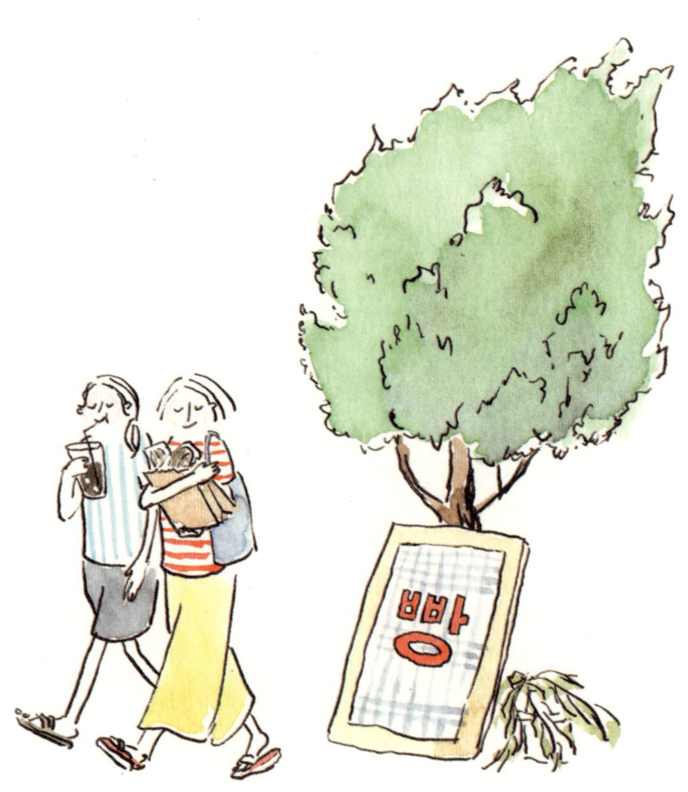

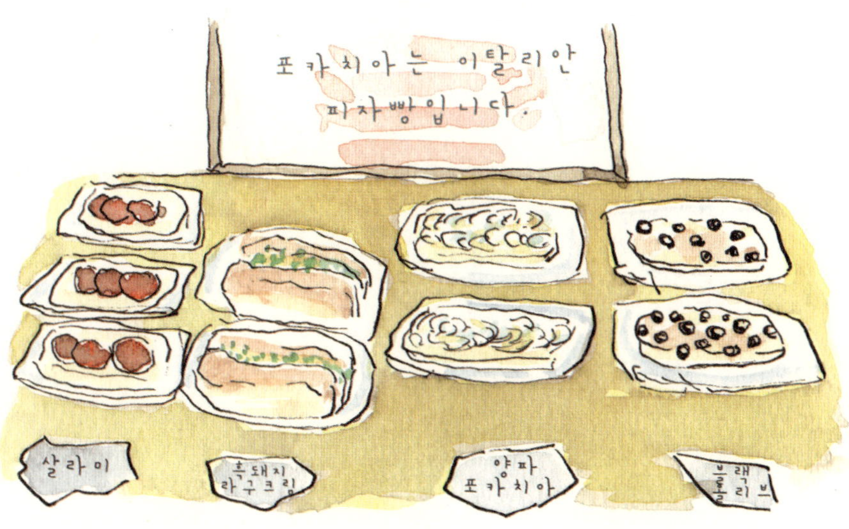

제주 함덕에 위치한 맛있는 빵집 '다니쉬 베이커리'를 소개합니다.
데니쉬 식빵이 시그니처 메뉴이며, 포카치아 빵이 정말 꿀맛이랍니다.

살라미 포카치아,
흑돼지 라구크림 포카치아,
양파 포카치아,
블랙 올리브 포카치아…
(왈왈)

배달의 민족

남자친구인 승어니가
냉면 한 박스를 사다 줬는데,

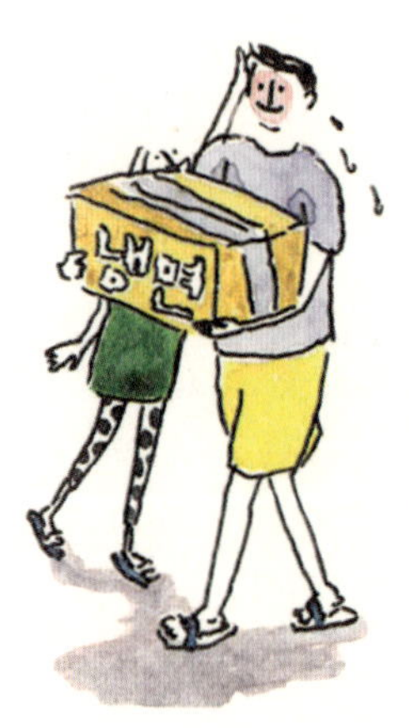

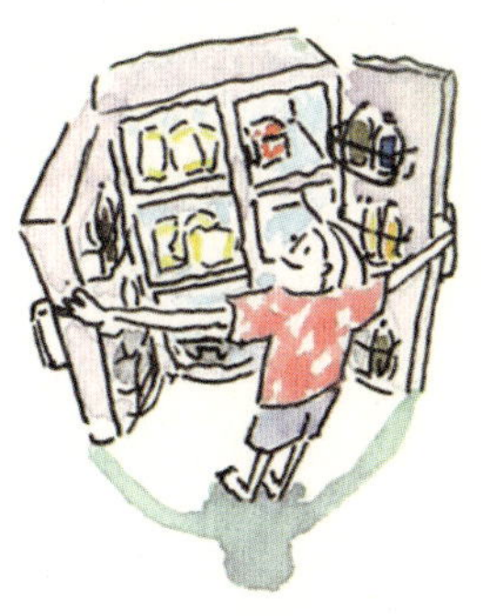

심심하면 괜히 냉장고를
열어보는 버릇이 생겼다.

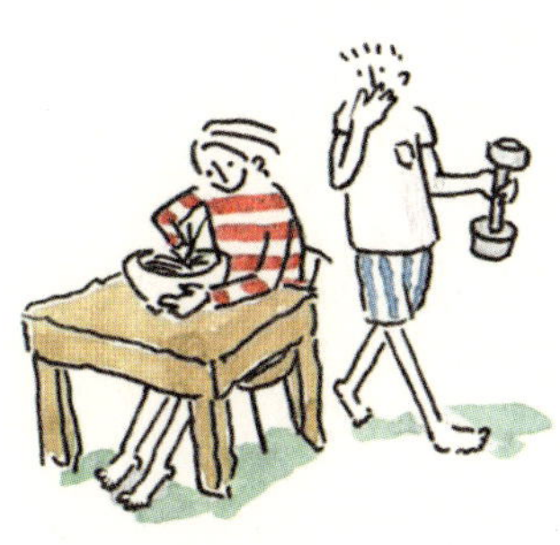

내일 점심에도 냉면 먹어야지.

현실과 이상 사이에서

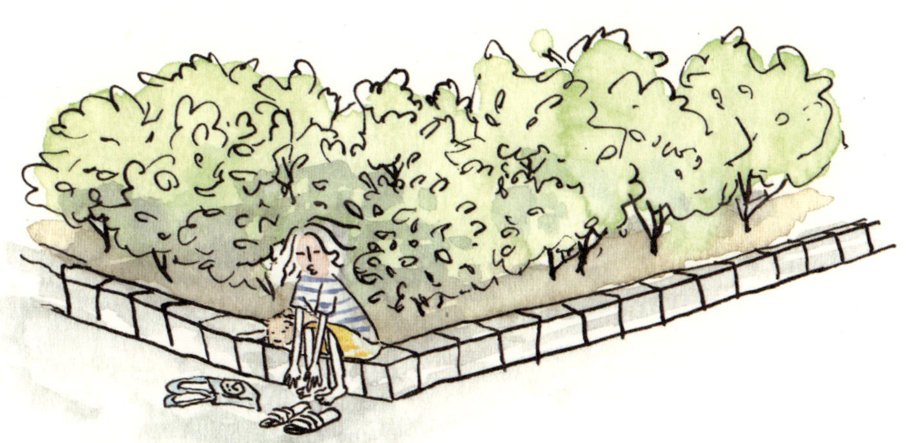

어게인 러브

누군가와 사랑에 빠진 사람 중에
'나는 이번 연애에는 요만큼만 사랑에 빠지겠어.'라며
'사랑의 정도'를 다짐하는 사람은 없을 것이다. (불가능한 일이기도 하고.)

흐르는 물에 몸을 맡기듯 그렇게 사랑에 빠지고,
또 허우적거리며 수면 위로 나온다.
사랑에는 정도가 없는 것 같다.

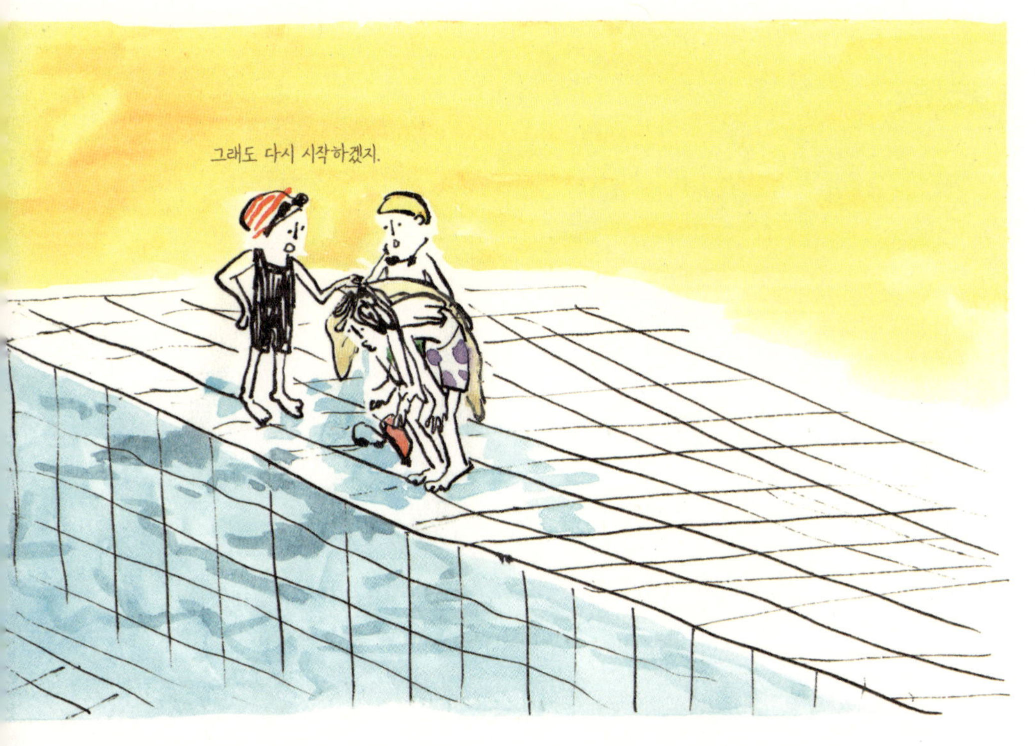

나의 소확행 3

나의 세 번째 소확행은 무거운 것을 가볍게 대하는 것이다.
예를 들면, 두꺼운 책을 읽을 때 그림만 보고 덮어버리는
호사스러움을 느껴보는 것….
그것도 휴가 중에!

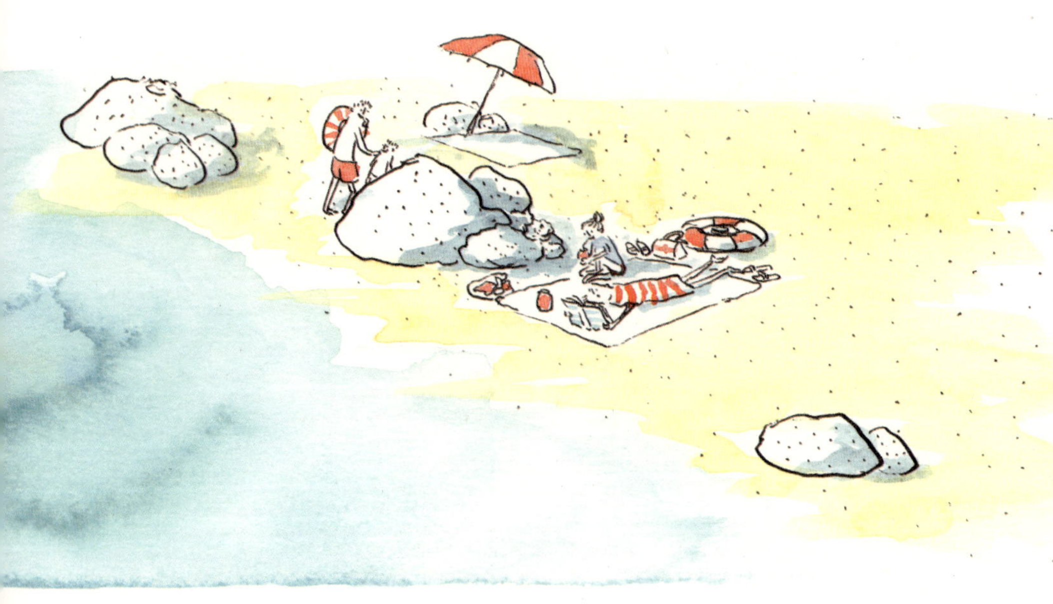

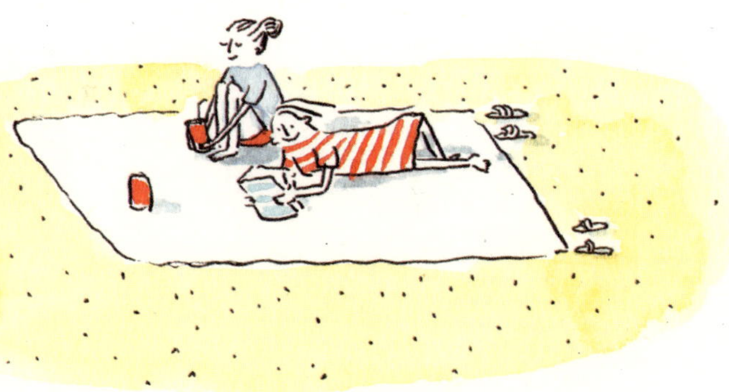

크으으~

적당한 시기

진정 원하는 일에
시작하기 적절한
시기란 게 있을까.

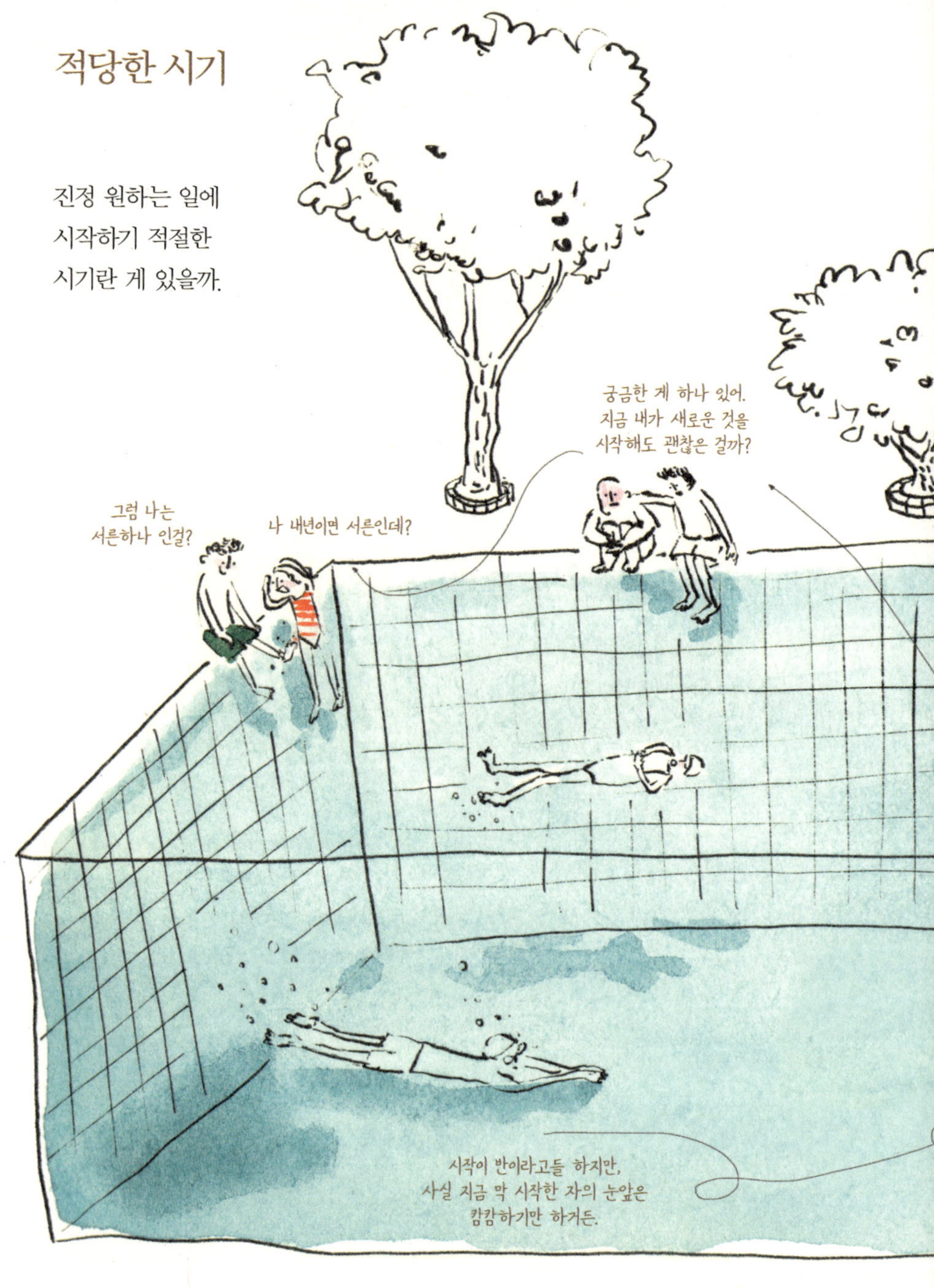

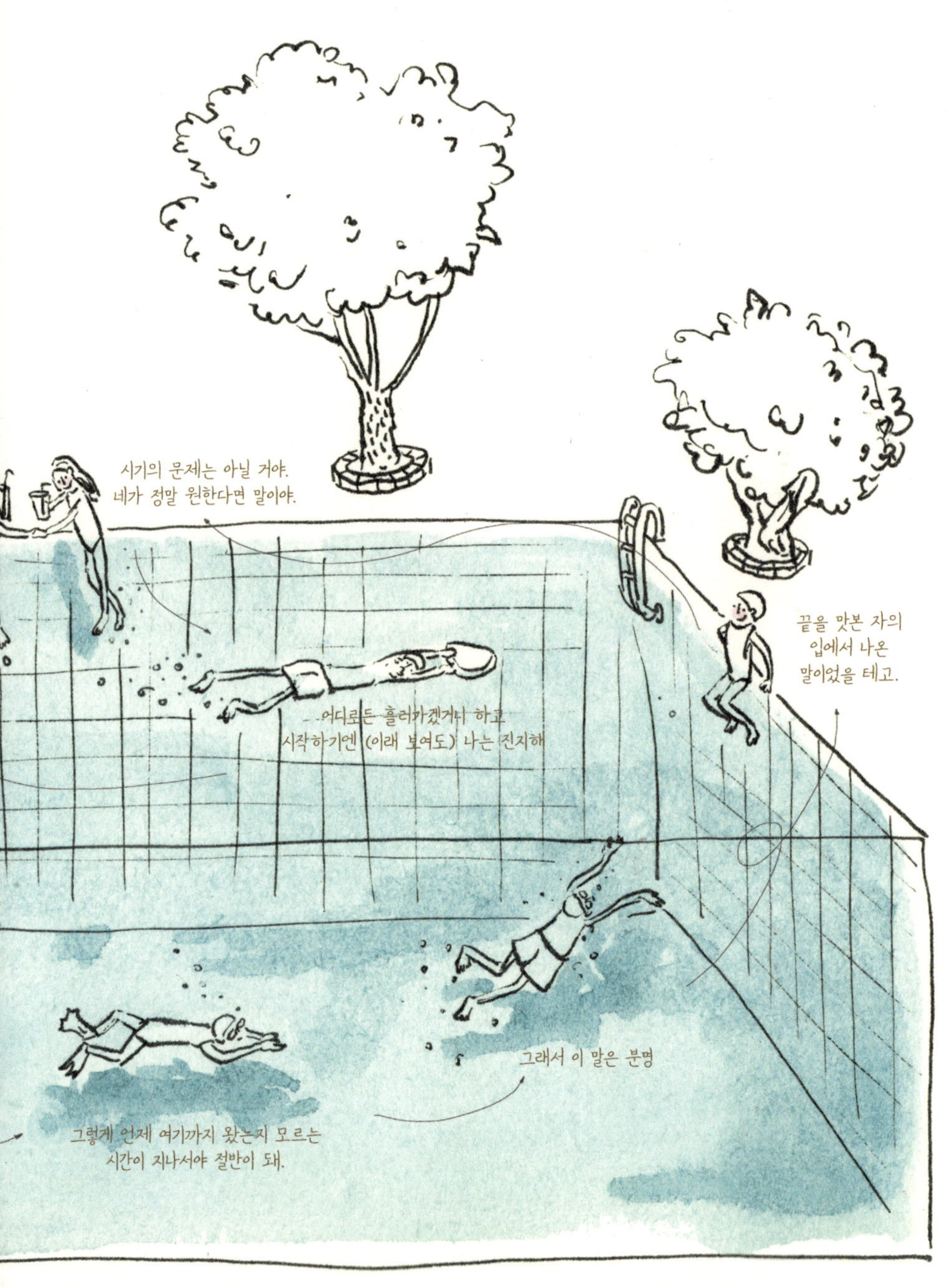

시기의 문제는 아닐 거야.
네가 정말 원한다면 말이야.
끝을 맛본 자의
입에서 나온
말이었을 테고.
어디로든 흘러가겠거니 하고
시작하기엔 (이래 보여도) 나는 진지해
그래서 이 말은 분명
그렇게 언제 여기까지 왔는지 모르는
시간이 지나서야 절반이 돼.

여느 날과 똑같은 밤

좋아하는 일을 하면 삶이 크게 바뀌는 줄 알았다.
그런데 일을 하고 집에 오면 여느 날과 똑같은 밤이 되어 있다.

> "이봐, 매일같이 입에 크루아상을 물고 다니는 게 이제 재미없어.
> 뭔가 다른 것을 찾아줄 수 있겠어?"
> — 밀란 쿤데라, 『참을 수 없는 존재의 가벼움』

크루아상이 지겨워지는 순간은 오고야 만다.
우리에게 시간은 반복되지 않는다는 걸 생각하면
더욱 지금 이 순간을 사랑해야 하는 게 아닐까.

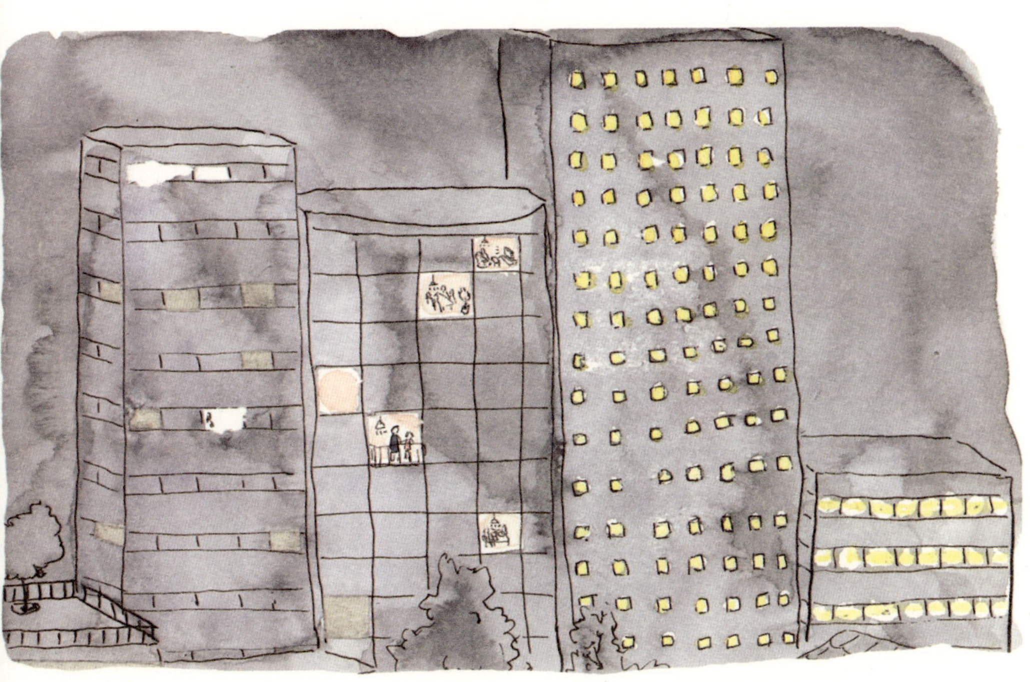

"잘하고 있는 걸까?"
"응, 잘하고 있어. 지금 행복하잖아?"

나의 거창한 꿈

나에겐 커다랗게 자랄 나무가 있어.
나무가 자라면 난 이 위에 큰 집을 지을 거야.
그리고 그 위에 올라가서 사는 거야.
아주 거창한 삶을 사는 거지.

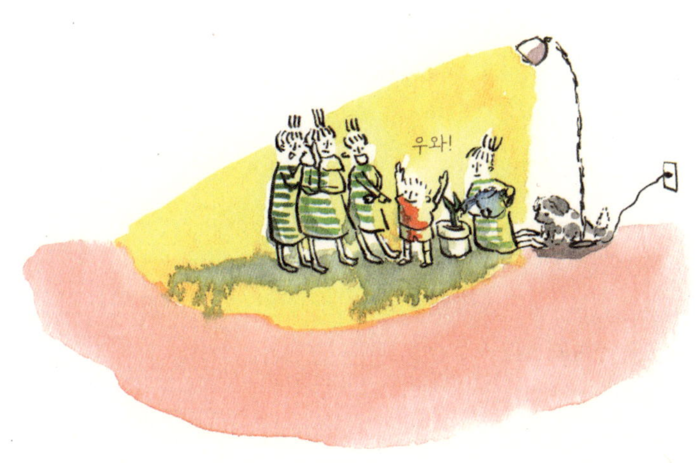
우와!

눈

눈이 내린 다음 날 아침.
'하얗게 쌓인 눈이 너무 예뻐서 차마 밟을 수가 없겠다.'
…라며 감성에 젖어본 지도 오래된 것 같다.
그리고 발걸음을 재촉해본다.
어른의 겨울.

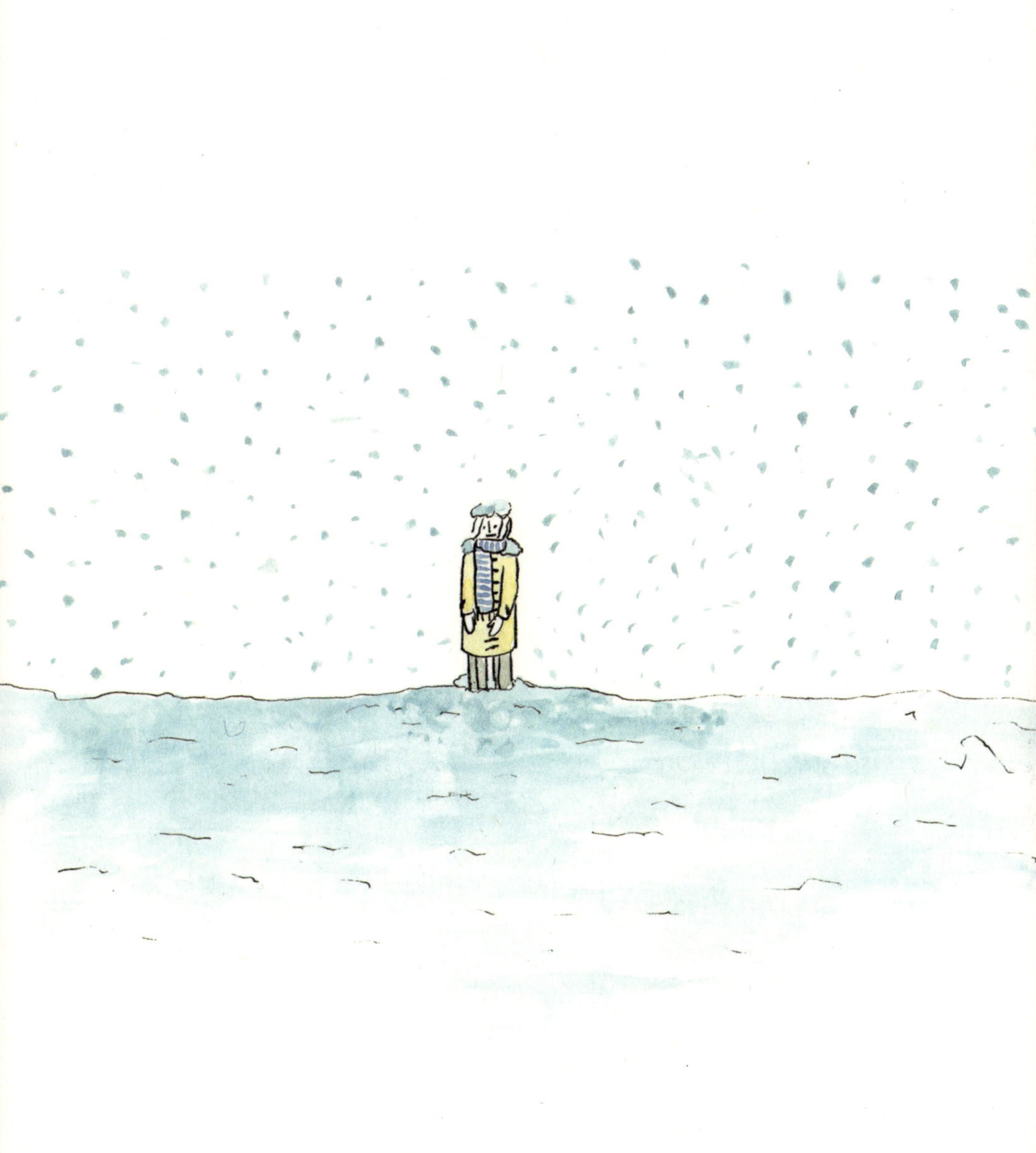

불만을 위한 불만

"나 요즘 살이 너무 쪘어…."
"나이가 드니까 팔자주름도 자꾸 생기고."
"너네는 멀쩡해. 내가 문제지…."

나는 이 상황을 불만을 하기 위한 불만이라고 부르고 싶다.
좋게 보고자 하면 한없이 좋게 보이고, 나쁘게 보고자 하면 한없이
나쁘게 보이는 게 세상사인데, 어떻게 볼지는 우리의 몫이니까.

"너무 덥다."
"나가자."

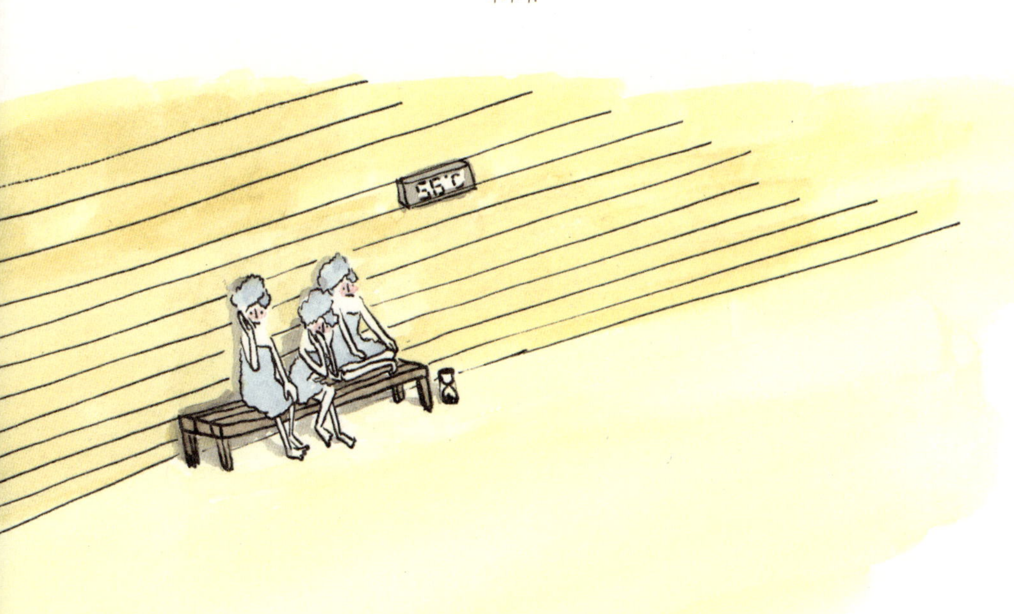

책을 읽는 또 다른 이유

생각이 복잡하거나 고민이 있을 때, 아무 책이나 뽑아서 읽다 보면 머릿속 생각이 정리될 때가 있다. 그래서 우리 커플은 주말에 종종 도서관을 찾는다.

"『나쁜 페미니스트』를 쓴 작가 록산 게이는 자신의 생각을 시원하게 말해버리는 성격인가 봐. 그런데 이 작가는 본인 내면에 있는 두려움을 이겨내기 위해 더욱 적극적으로 글을 쓰는 사람이야."

"각자 자신의 자아를 표출하는 방법이 있지."

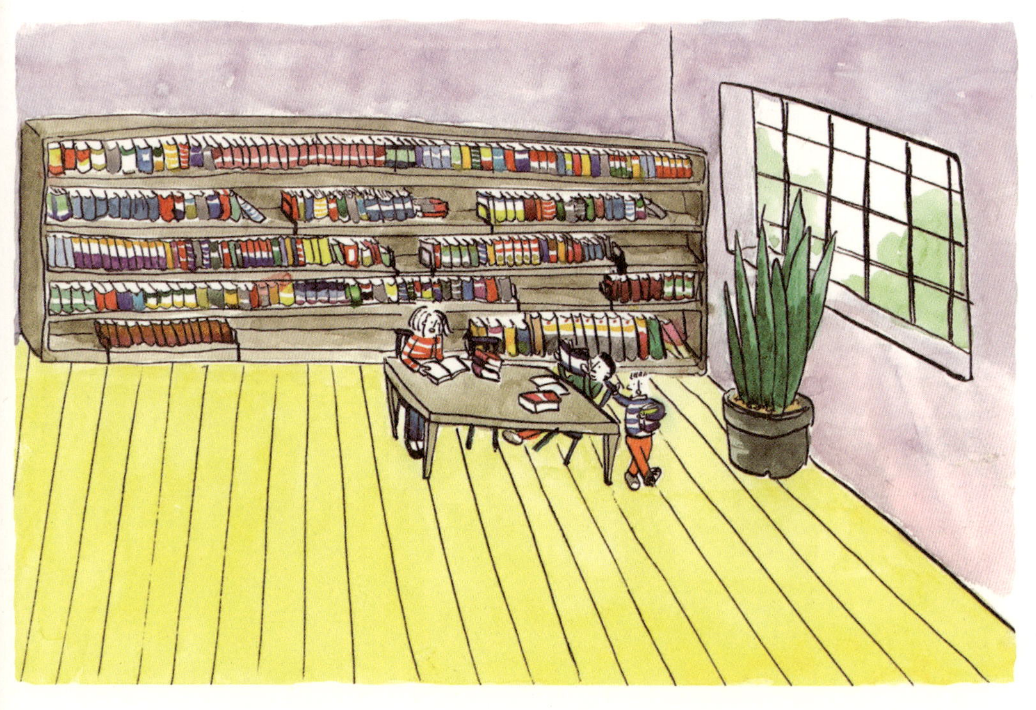

오늘 나도 우연히 잡은 책을 통해 복잡한 머릿속 생각을 정리했다.
그리고 그림을 더 열심히 그리기로 했다.

나를 표현하는 것이기에!

나 자신을 표현하는 데 제한을 두고 싶지 않아!

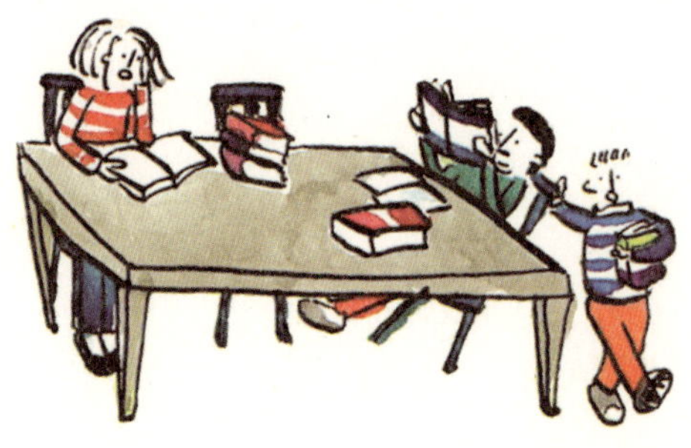

보이지 않는 길

나는 가끔,
간혹,
요즘,
자주,
보이지 않는 길을 걷고 있다는 생각에 사로잡힐 때가 있다.
그런데도 이 길을 계속 걸으려 하는 것을 보면
이 길이 좋긴 좋은가 보다.

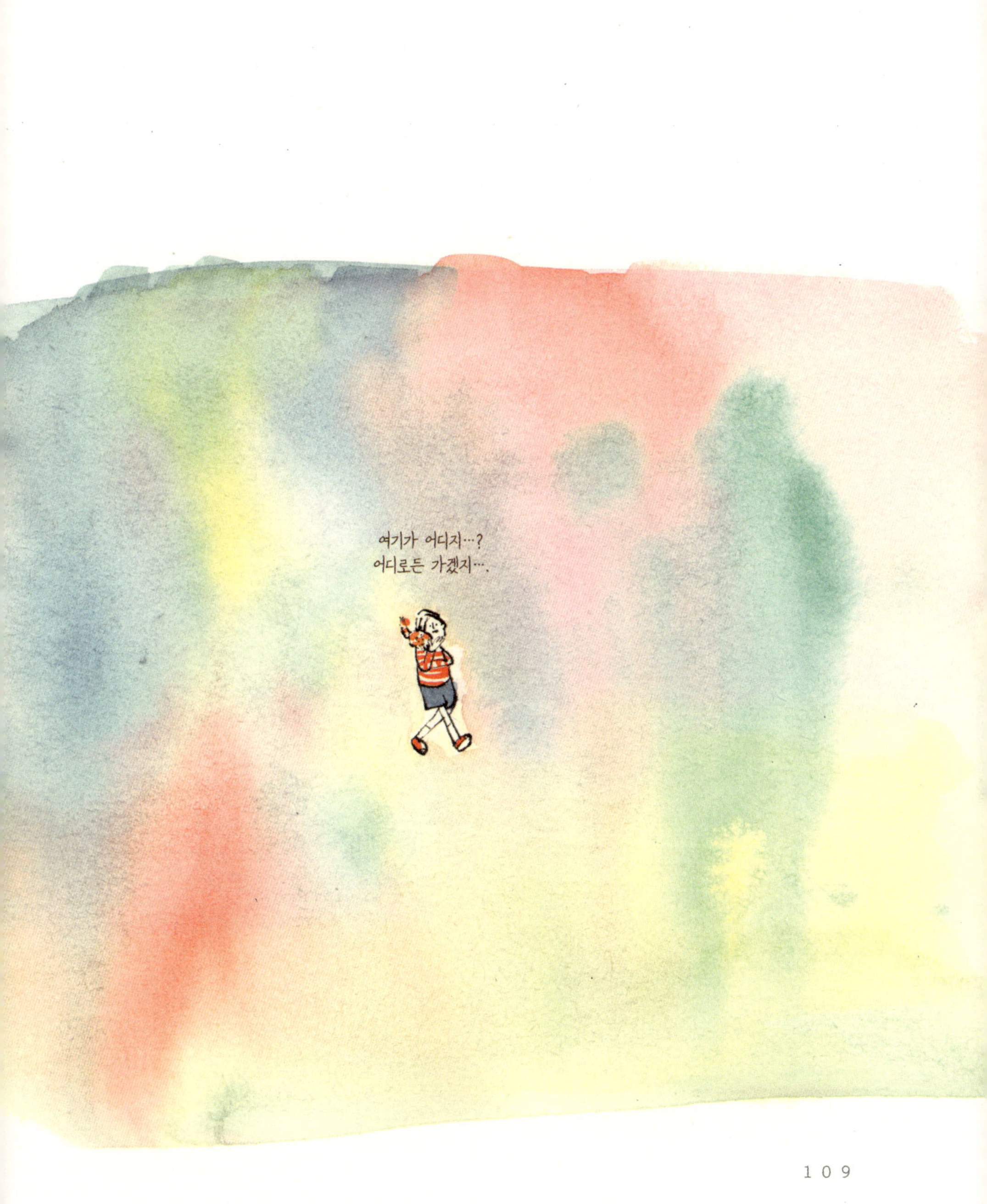
여기가 어디지…?
어디로든 가겠지….

짜릿한 상상

어느 금요일,
이상적인 삶에 대해 상상해보았다.

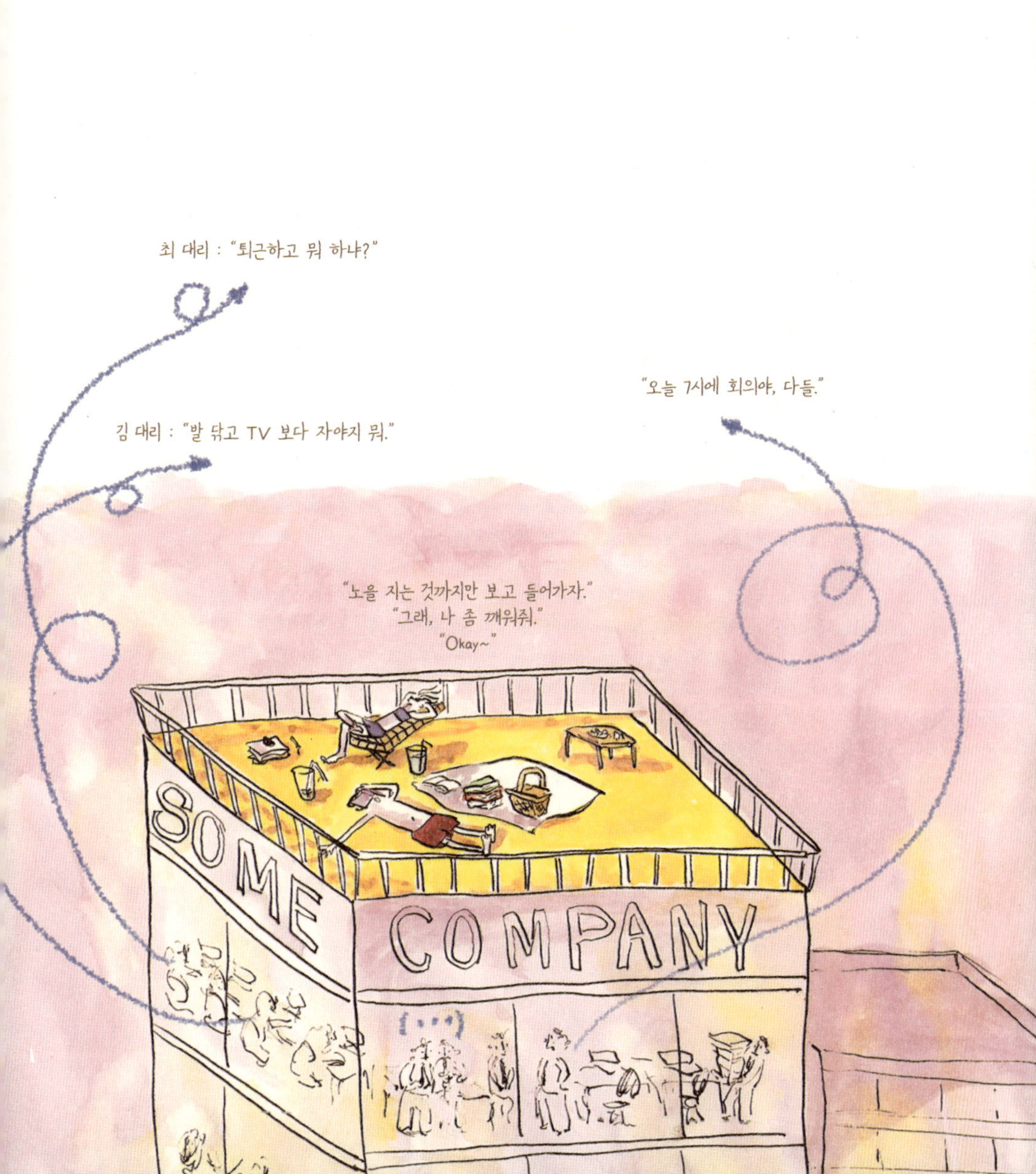

최 대리 : "퇴근하고 뭐 하냐?"
"오늘 7시에 회의야, 다들."
김 대리 : "발 닦고 TV 보다 자야지 뭐."
"노을 지는 것까지만 보고 들어가자."
"그래, 나 좀 깨워줘."
"Okay~"
SOME
COMPANY

현실과 이상 사이에서 춤을 추자

우리에게는 좋아하는 것, 잘하는 것, 신나는 것이 있었다.
있었다는 건, 어른이 되면서 자꾸 그걸 까먹어서다.
그래서 우리는 자기가 좋아하는 것을 찾으려 노력해야 한다.

그리고 옆에 있는 친구를 응원해주자.
그는 지금 멋진 일을 하는 중이니까.

그러다 보면, 현실과 이상 사이에서 춤을 추고 있는 우리를 발견하겠지.

'멕시칼리'는 멕시코 스타일 타코를 전파하기 위해 멕시코에서 살다가
한국으로 날아온 멕시칸 전문 푸드트럭입니다.

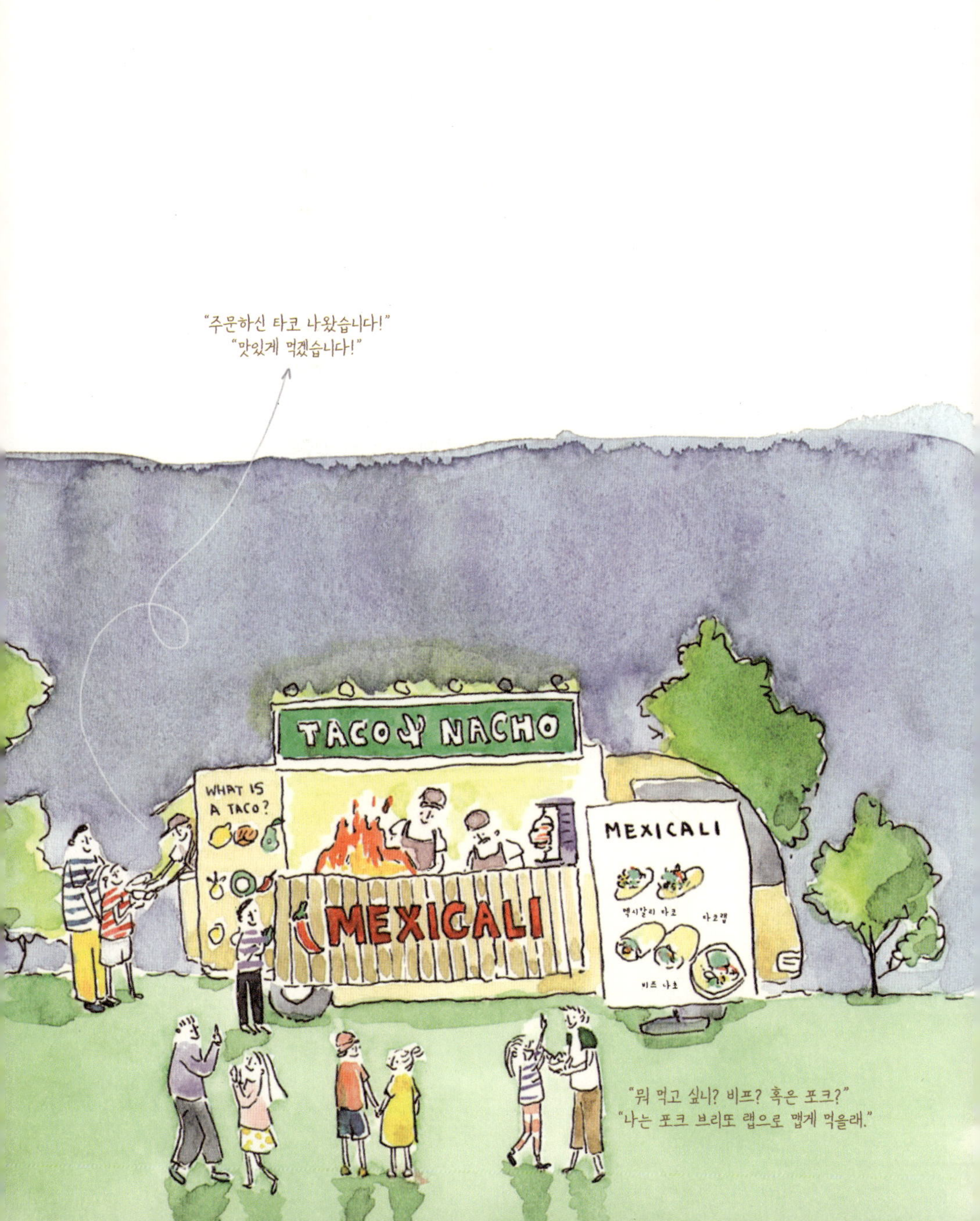

"주문하신 타코 나왔습니다!"
"맛있게 먹겠습니다!"
TACO NACHO
WHAT IS
A TACO?
MEXICALI
MEXICALI
멕시칼리 타코
마요랩
비프 나초
"뭐 먹고 싶니? 비프? 혹은 포크?"
"나는 포크 브리또 랩으로 맵게 먹을래."

개수의 문제

분명 많이 가지고 있는데, 하나도 없는 것 같을 때가 있다.
나 같은 경우 스트라이프 무늬가 들어간 옷에 한해서는 하나도 없는 거 같다.
반면 사람의 경우 한 사람만 있어도, 열 사람이 부럽지 않은 관계가 있다.
내게 그런 사람들이 있어 기쁘다.

"음, 멋지군!"

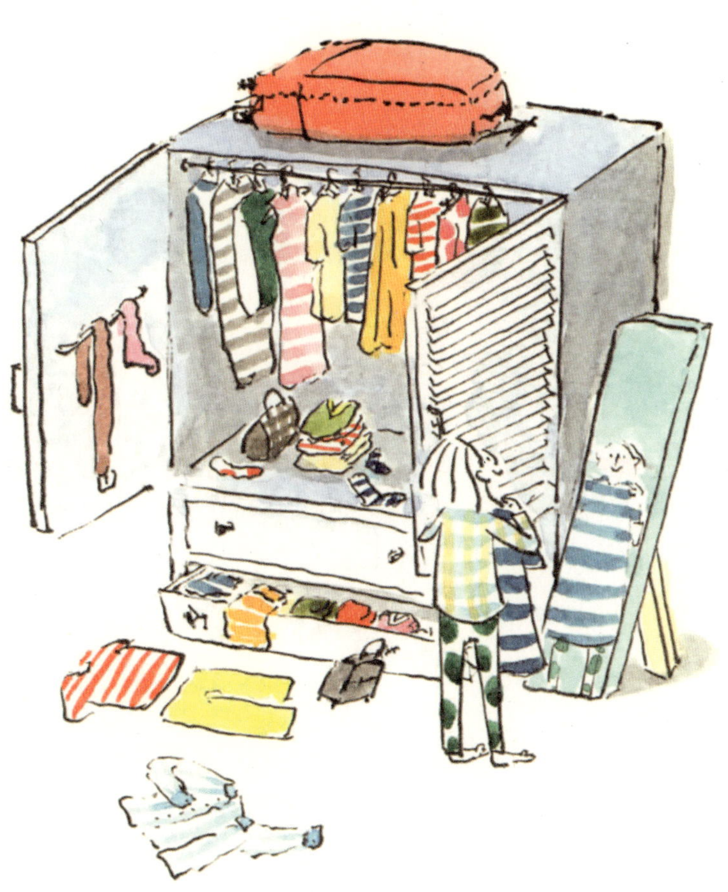

배부른 상상

해안가에 앉아 밤하늘을
바라보며 무인도에 간다면
가져갈 다섯 가지를
상상해보았다.

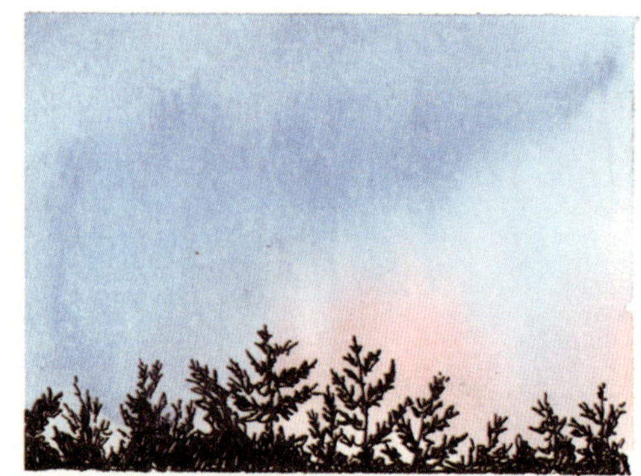

종이, 팔레트, 붓,
4B 연필, 펜…
아…
이거면 행복하겠다.

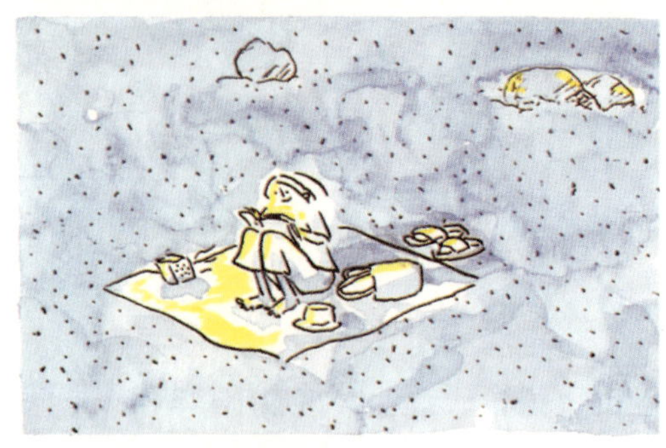

배는 엄청 고프겠네.

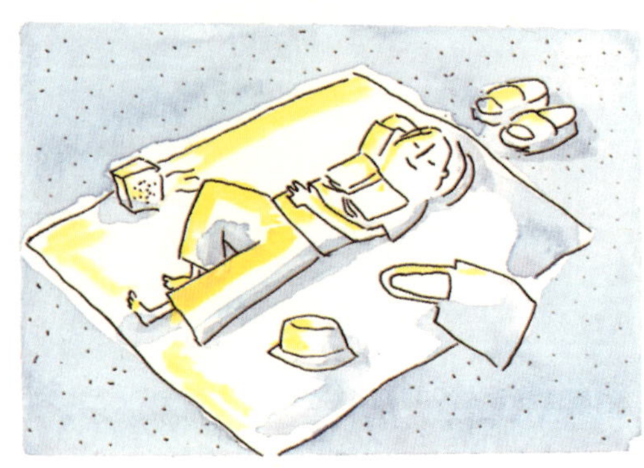

땀나는 일기

가만히 있어도 땀이 삐질삐질,
너무 더워서 얼른 집으로
가는 길이다.

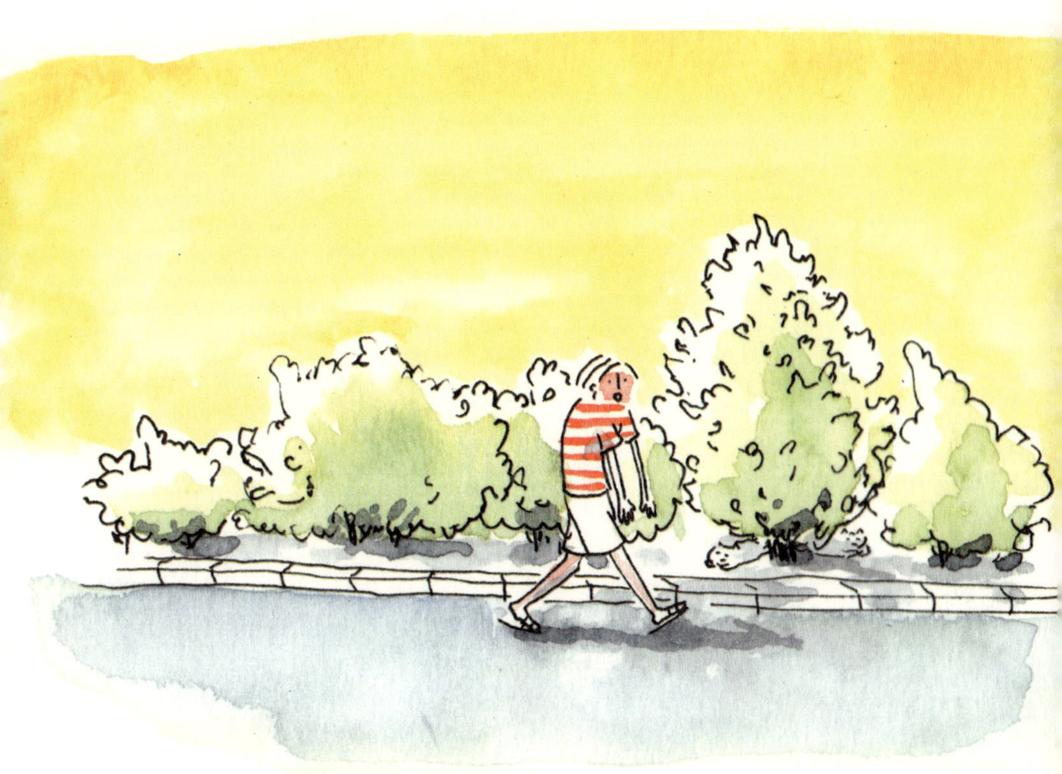

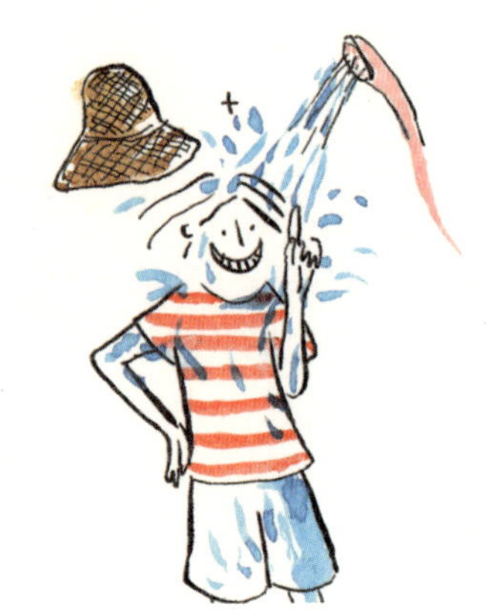

'자외선이 강하니 밀짚모자를
하나 사고, 집에 가자마자
찬물 샤워를 하면 좀 살겠지?'

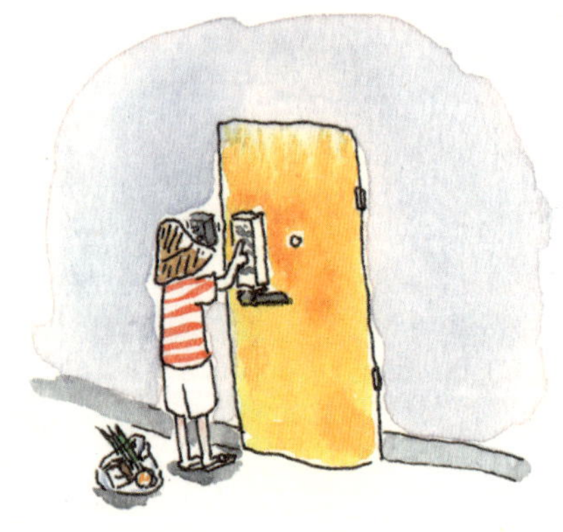

…라는 생각을 하며
장까지 보아 집으로 왔다.

그리고 샤워를 하고
나왔는데…,

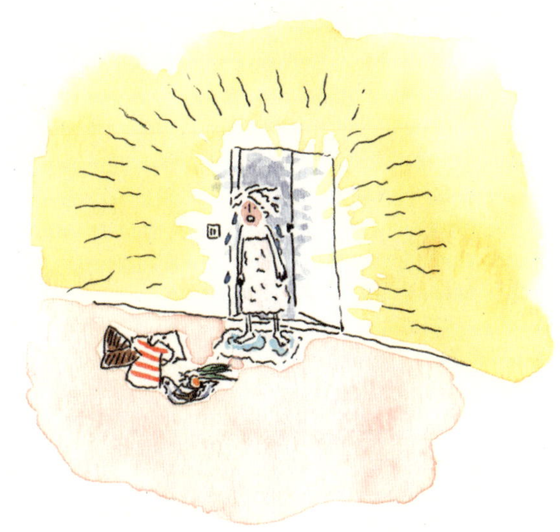

바로 땀이 난다.

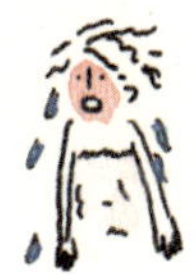

바로 땀이 왕창 난다! 헉!

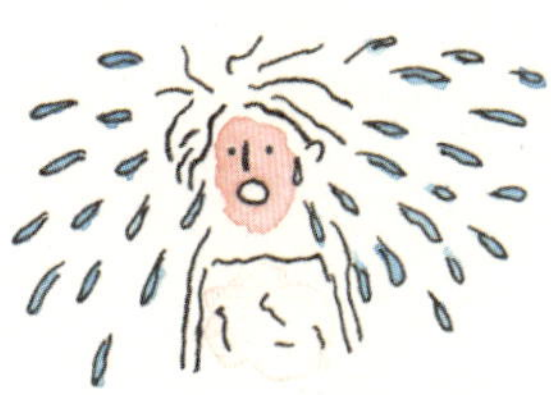

네 번째 이야기

나의 라라랜드

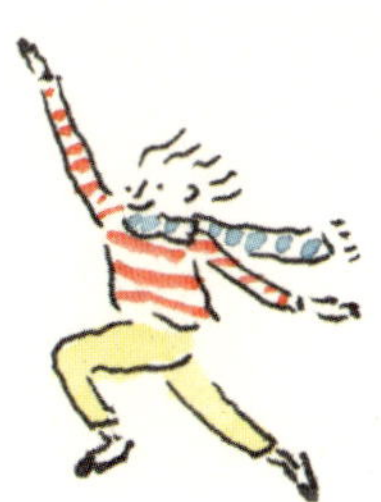

좋아하는 것

좋아하는 계절은 냄새도 좋다.
말로 표현하지 않아도 내 두 눈이 향한다.
눈을 감아도 그 마음은 감출 수 없다.
좋아하는 일이란 그런 거다.

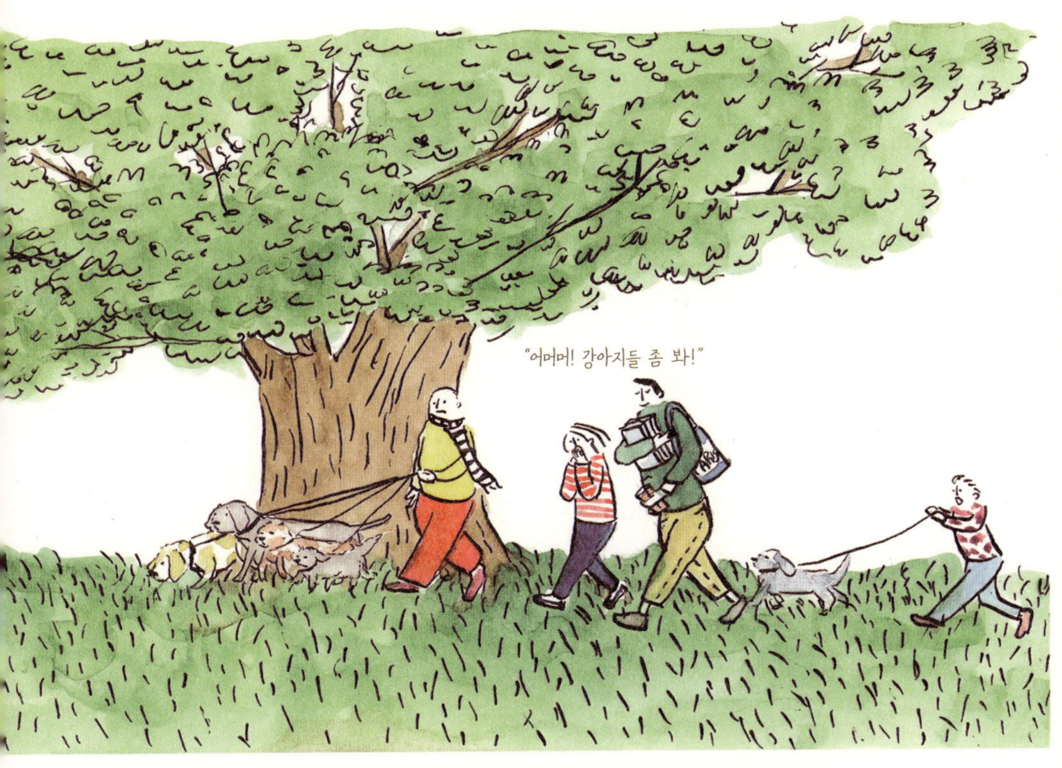

"어머! 강아지들 좀 봐!"

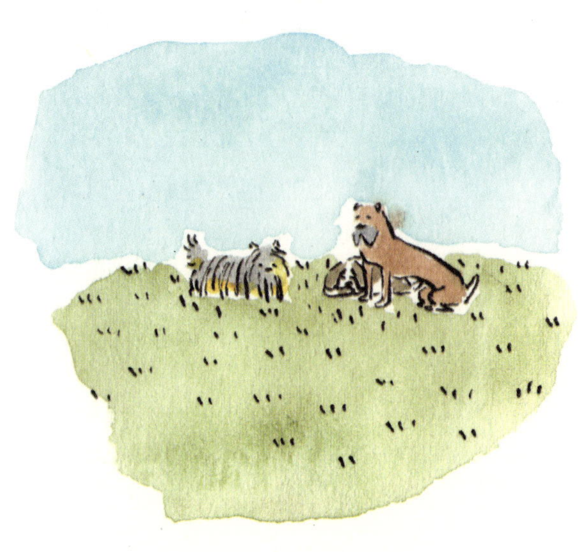

어느 역逆 소확행 (전지적 강아지 시점)

너네 요즘 인간들의 최고 트렌드가 뭔지 알아?
소소하고 확실한 행복이래.
내 주인이 매일 '내' 간식을 들고 공원에 나와서 동네방네 강아지들에게
'내' 간식을 나눠주는데,
처음엔 그게 이해가 가지 않았어. (내 간식이잖아!)

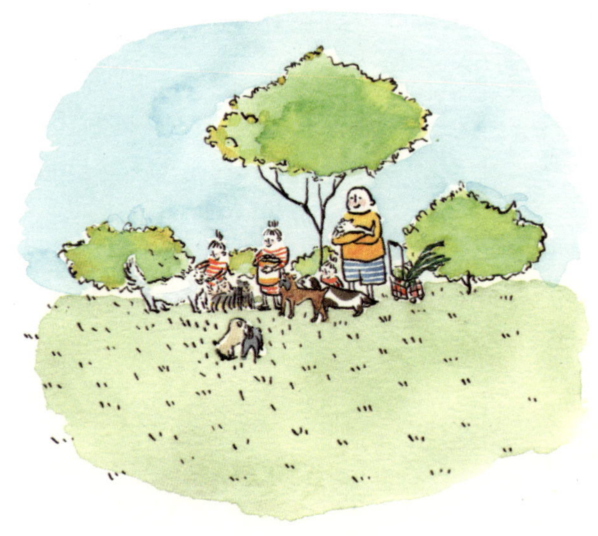

그런데 기뻐하는 내 주인을 보고 있자니,
소소하진 않지만 (내 간식이니까!)
행복하긴 하더라.

토요일의 생각

뚯뚯뚯 뚜뚯뚜루루룻 뚜—

이번 역은 우리 열차의 마지막 역인 토요일 역입니다.
내리실 문은 왼쪽입니다.
내리실 때에는 차 안에 두고 내리는 생각이 없는지
다시 한번 살펴보시기 바랍니다.

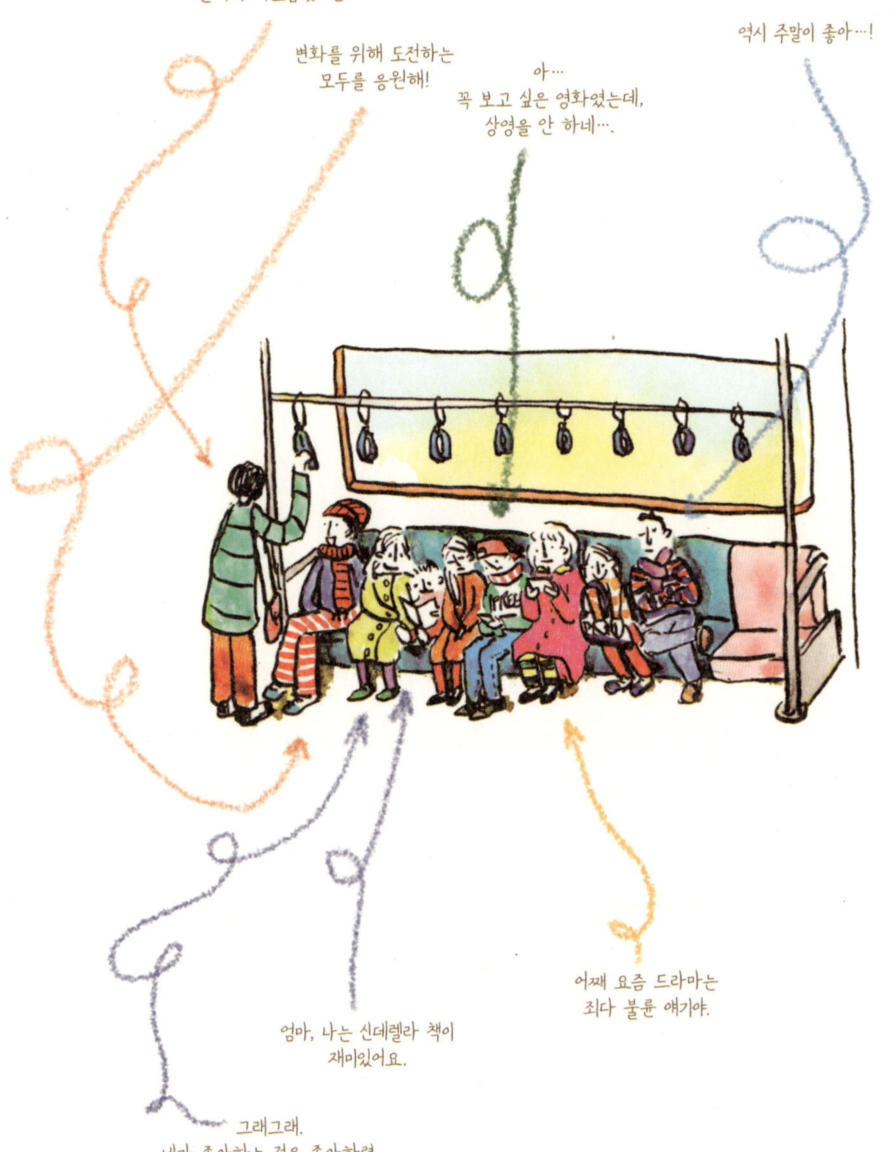
우리 사회에 잘못된 관행,
문화가 바로잡혔으면.
변화를 위해 도전하는
모두를 응원해!
아…
꼭 보고 싶은 영화였는데,
상영을 안 하네….
역시 주말이 좋아…!
엄마, 나는 신데렐라 책이
재미있어요.
그래그래.
네가 좋아하는 것을 좋아하렴.
어째 요즘 드라마는
죄다 불륜 얘기야.

무라카미 하루키를 좋아한 나머지

하루키 씨의 에세이를 보면,
그는 "죄송합니다. 그런 건 난 모릅니다."라고
자신 있게 말할 수 있어 소설가라는 직업이 좋다고 말한다.
깔끔하고 당당하다.

나도 '모르면 모른다고 자신 있게 말하는'
삶을 살아야겠다는 생각이 들었다.

한번 소리를 내어 입으로 뱉어보았다.
"죄송합니다. 그런 건 난 잘 모릅니다."

아직 나에겐 무기력한 문장이다.
나도 자신 있게 이 말을 할 수 있는 사람이 되고 싶다.

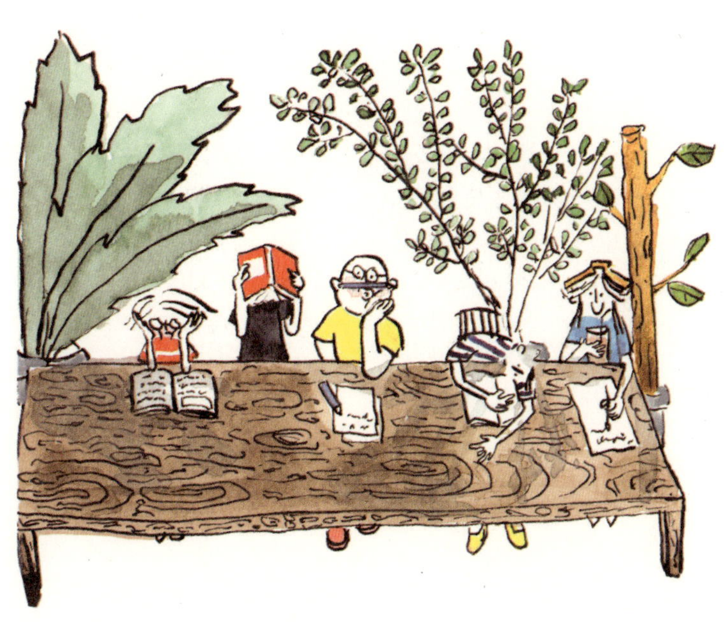

서울의 야경

멀리서 내려다보는 도시는 천천히 움직인다.
바빴던 오늘 하루가 무색하게 느껴질 만큼.
멀리서 바라보고 천천히 생각해야겠다.
오늘도 서울의 야경은 아름답다.

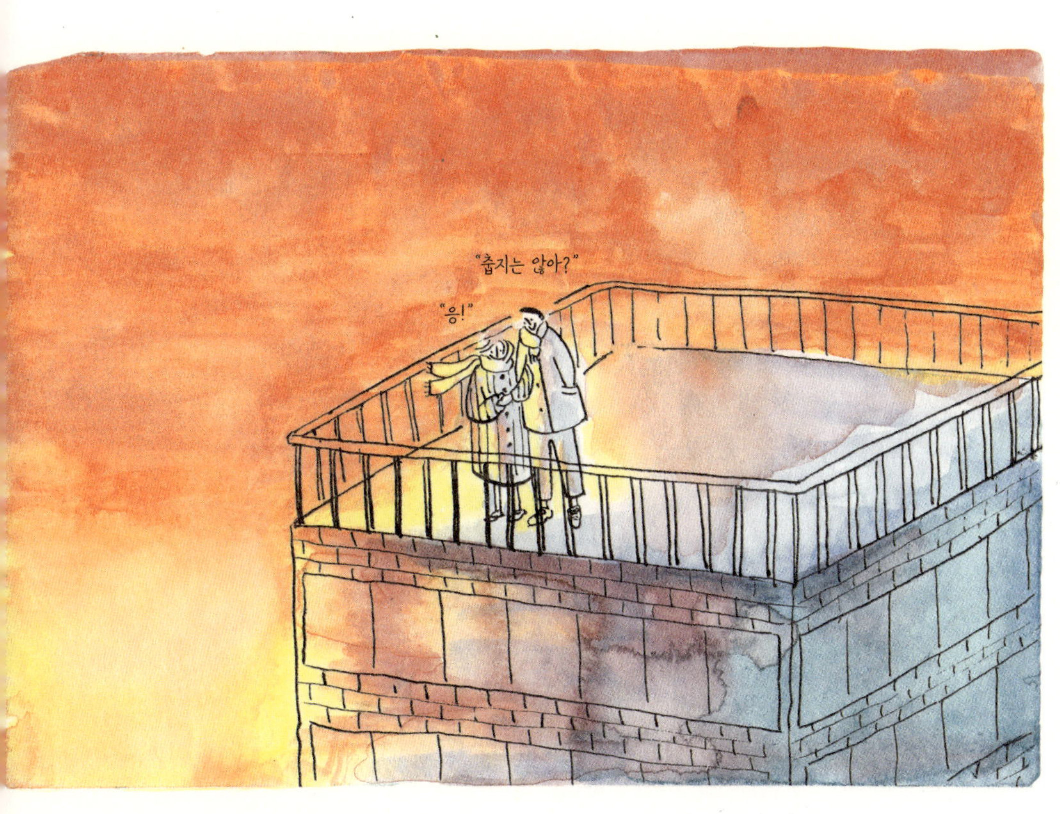

"춥지는 않아?"
"응!"

미인 선발대회

1921년대부터 이어져온 미국의 대표적인 미인 선발대회에서
수영복 심사와 이브닝드레스 심사를 종목에서 폐지하기로 결정했다.
그리고 각자의 개성을 가장 잘 표현할 수 있는 복장으로 심사를 대체했다.

하여간 기대된다….
본인의 가장 자신 있는 모습을 보여줄, 여성들의 행보가!

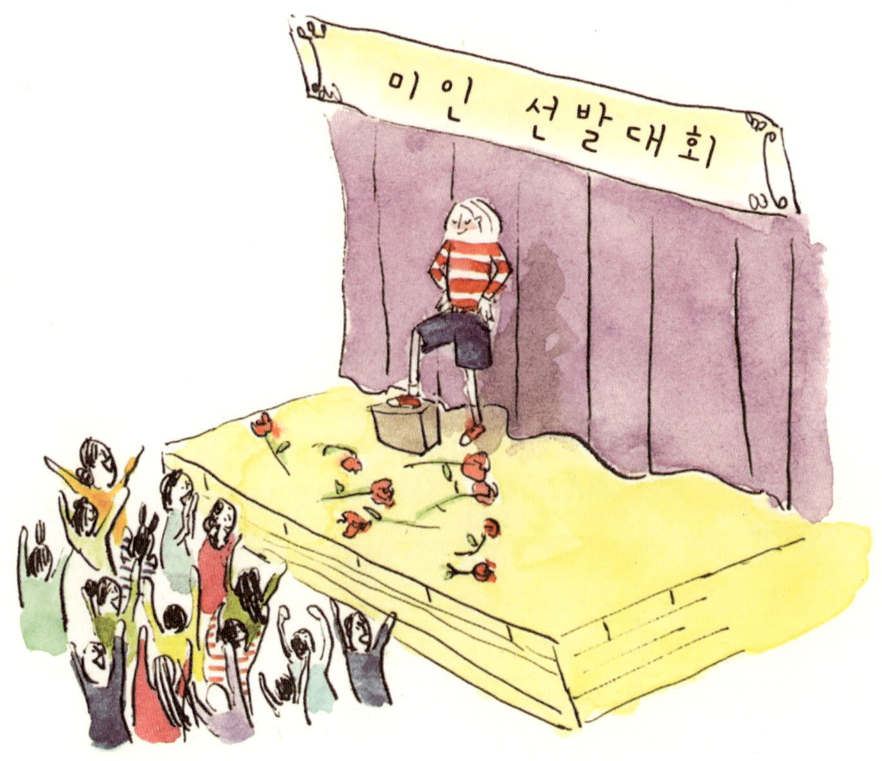

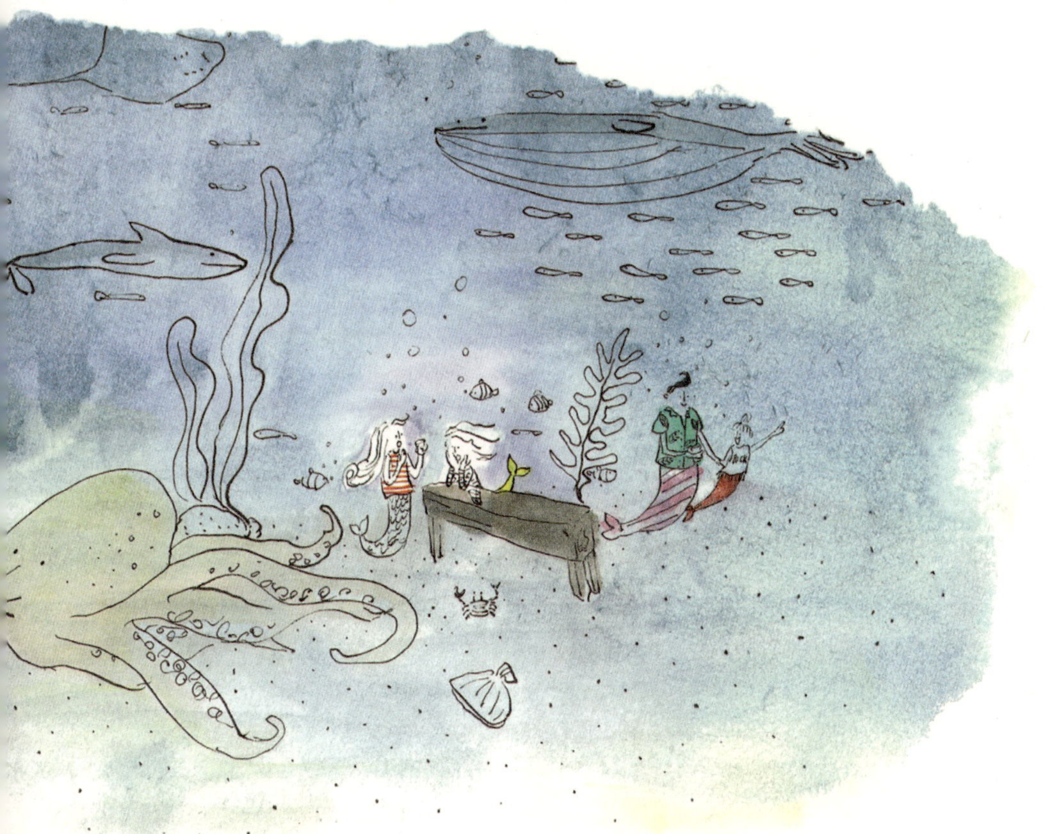

"수영복 심사라니 불편한 사람들도 많았겠어."
"그러게, 요즘엔 우리도 잘 입지 않는 복장인데 말이야."

그림이 많은 책

기분이 별로 좋지 않을 때,
나는 아무 책이나 집어 들고 그림이 있는 페이지만 골라 읽는다.
어떤 이야기로 연결되는지 모르니,
언제 덮어도 다시 시작할 수 있으니까.
그래서 말인데, 책에는 그림이 많았으면 좋겠다.

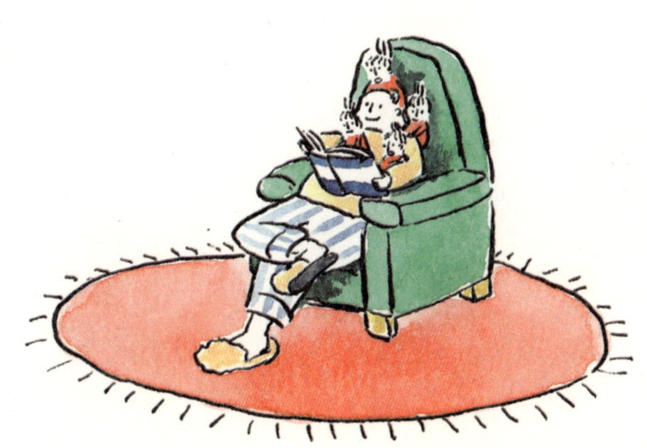

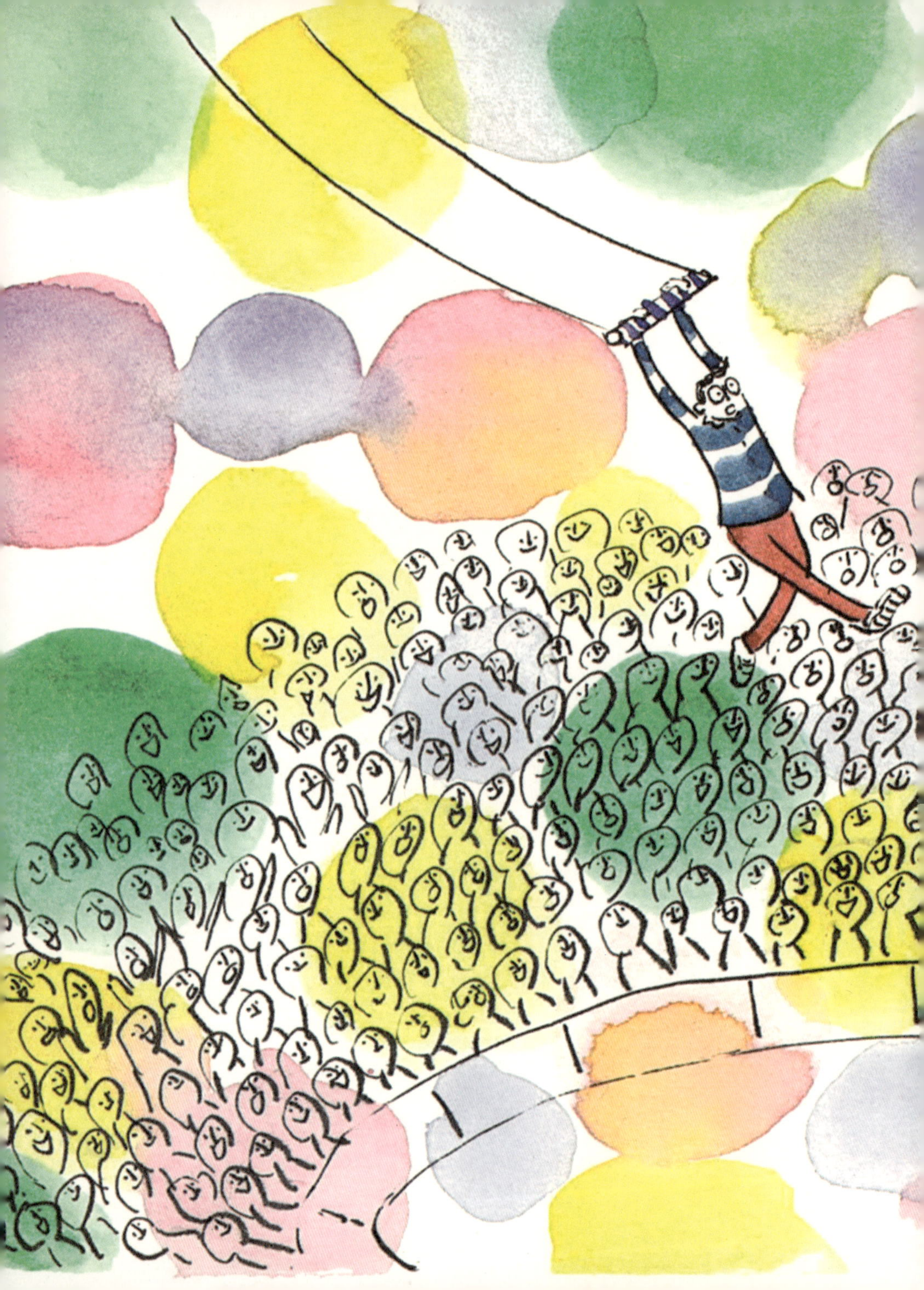

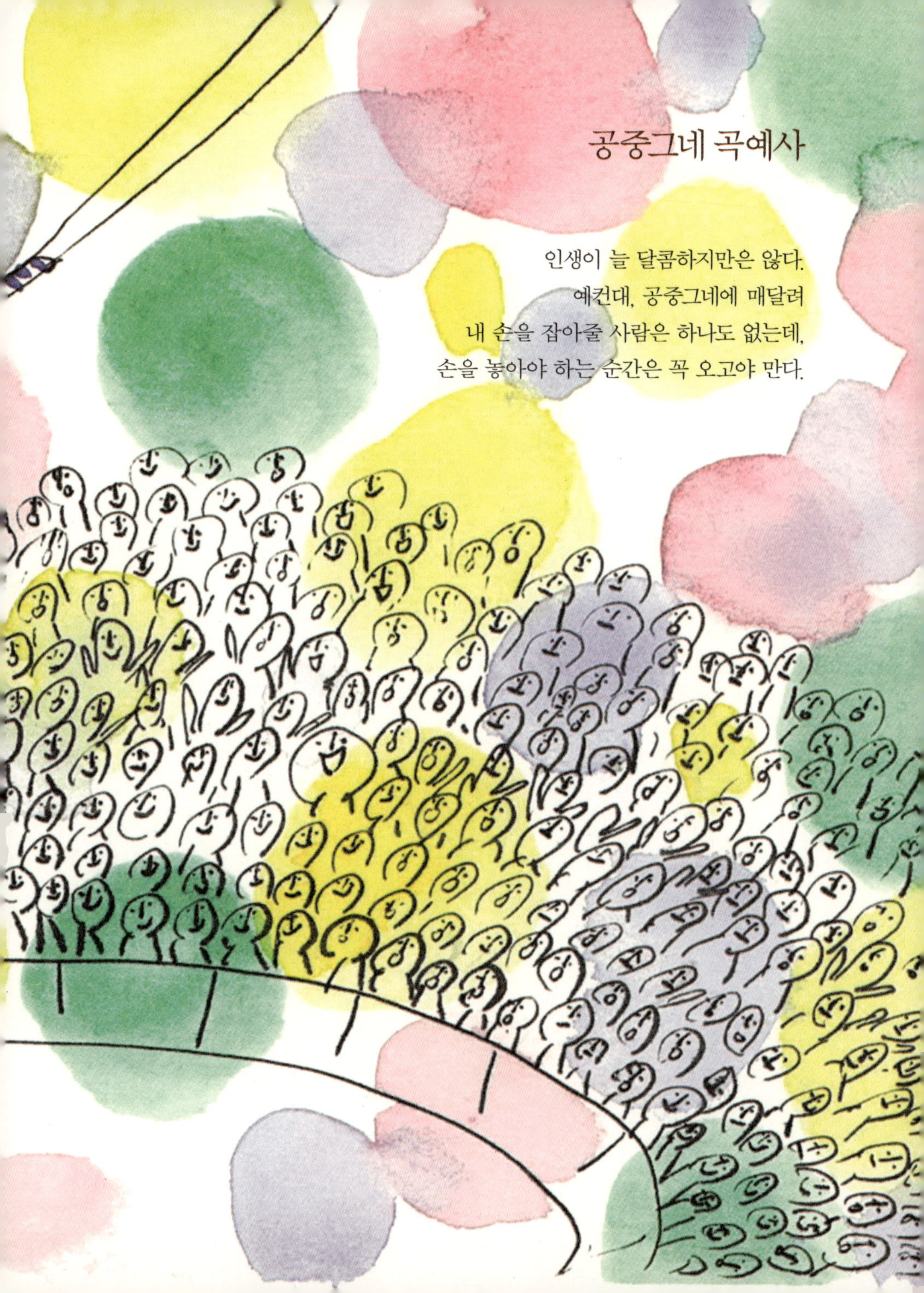

공중그네 곡예사

인생이 늘 달콤하지만은 않다.
예컨대, 공중그네에 매달려
내 손을 잡아줄 사람은 하나도 없는데,
손을 놓아야 하는 순간은 꼭 오고야 만다.

그래야 내가 변하기 때문이다.
인생의 어느 분기점에서 그는 잡고 있던 손을 놓았다.
그리고 그에게는 다른 인생이 펼쳐지기 시작했다.
"…마치 공중그네와 같아요."

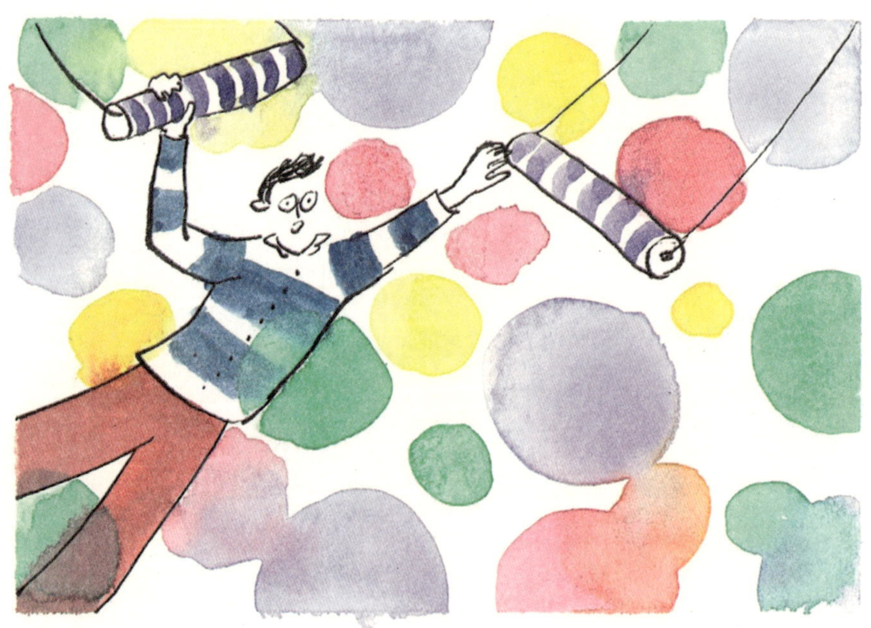

4월의 '월간서른' 모임에서는 한때 '51page' 독립서점을 운영하셨던
김종원 연사께서 그가 용기를 내었던 순간들을 공유해주셨다.
그 순간이 왔을 때, 우리도 용기를 낼 수 있기를….

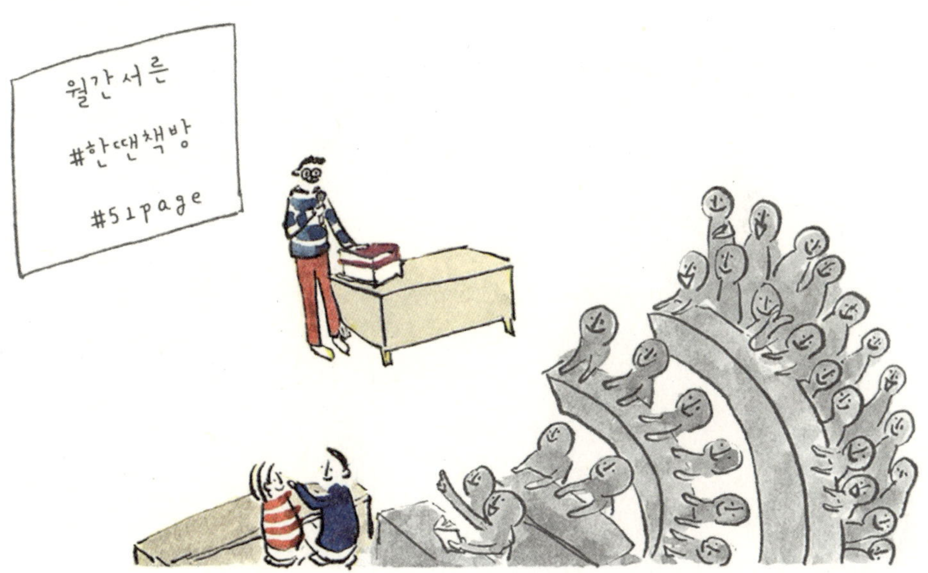

기다림의 미학

내가 생각하는 좋은 사람들에 대해 떠올려보았다.

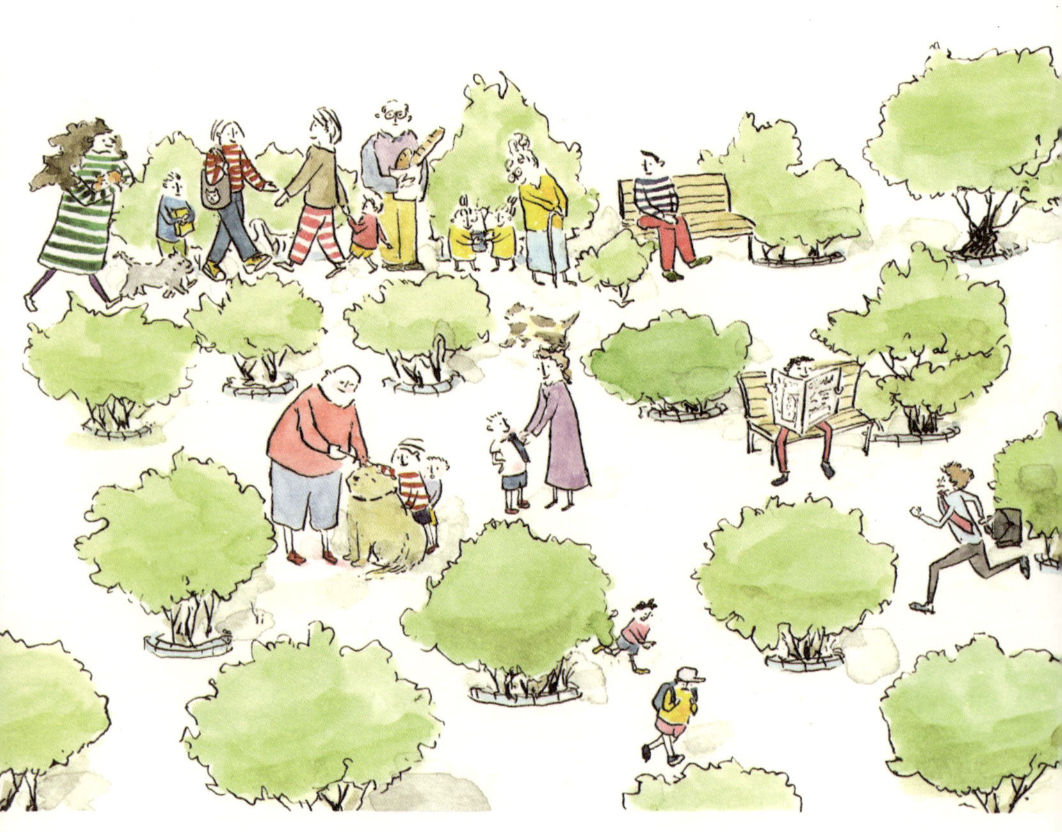

돌이켜보면, 다들 삶의 어느 시점에서 나의 성장을 기다려주시던 분들이었다.
사실, 그 당시의 나는 누군가 나를 기다려주고 있다는 사실을 몰랐다.

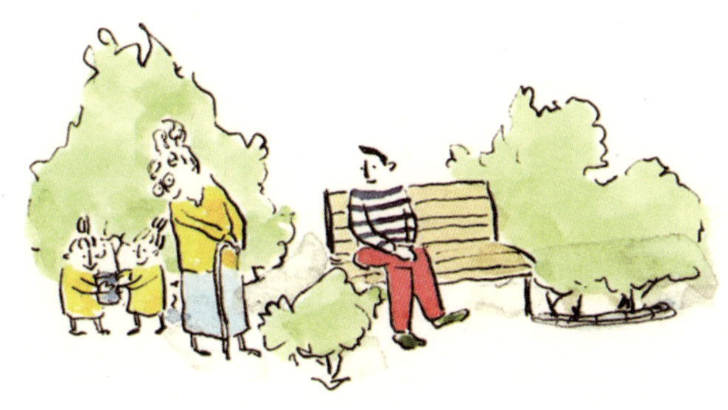

세상은 나의 것이었기에!

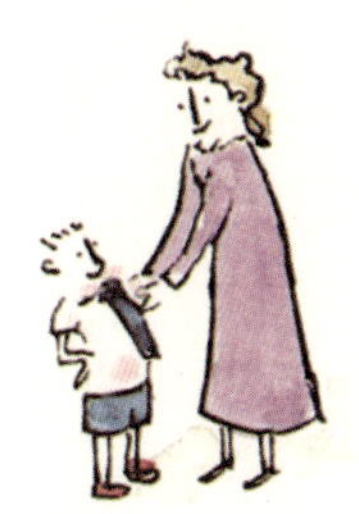

하지만 누군가를 좋아하게 되니, 나도 좋은 사람이 되고 싶어진다.
지금은 당장의 십 분을 기다리는 것도 힘에 부치다.
나도 조금씩 좋은 사람이 되어가고 있기를 바라본다.

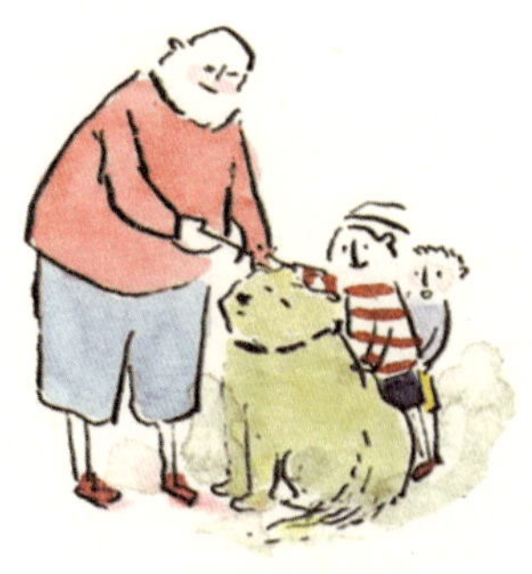

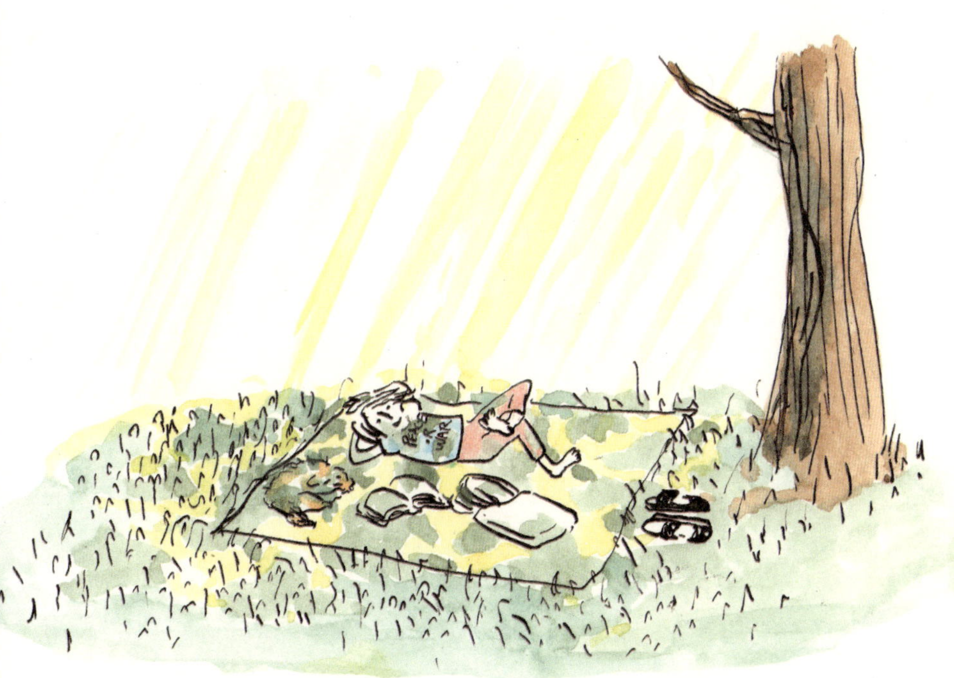

나도 언젠가.

바쁜 일상

시간에 쫓기며 살고 싶지 않다.
그런데 오늘도 나는 하루 종일 정신이 없었다.
그리고 아직 오늘이 남았는데, 내일을 준비한다.

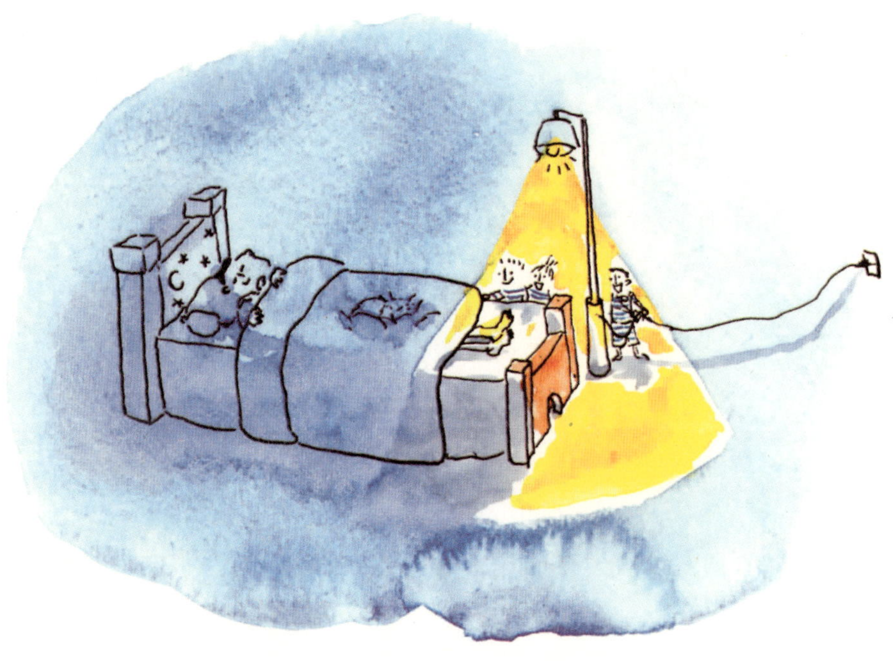

안 하던 것이 하고 싶어지는 일요일

비가 오니 평소 좋아하지도 않던
수제비가 먹고 싶어,
밀가루 반죽을 했다.

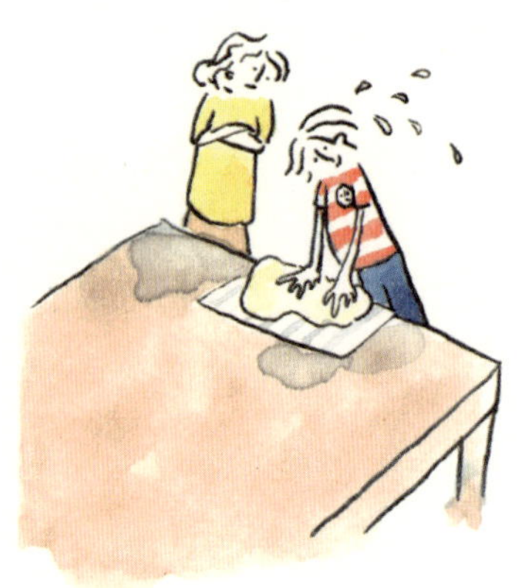

맛있는 수제비를 만들려면,
없던 장인 정신도 불러 모아
반죽을 해야 한다.
땀이 송골송골 맺혔다.

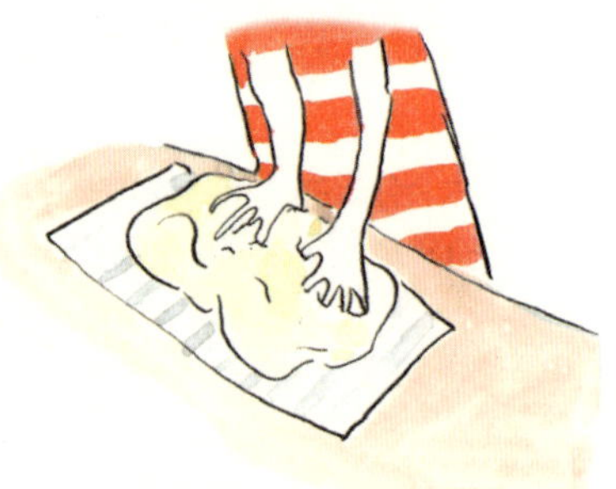

후루루루루루루루루룩짭짭—
그래, 이 맛이지!

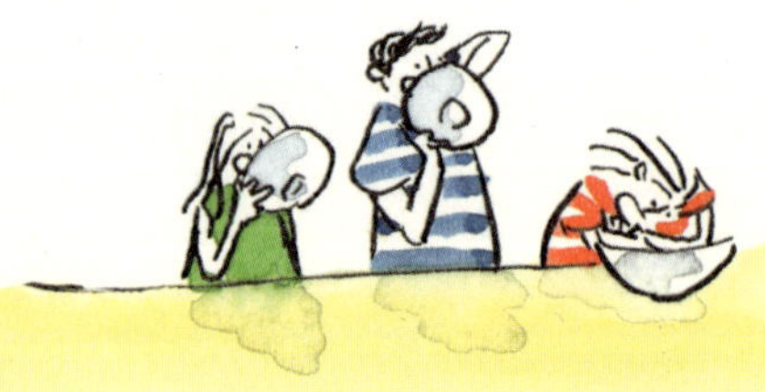

비가 오니
안 하던 것이 하고 싶어지던
일요일 오후였다.

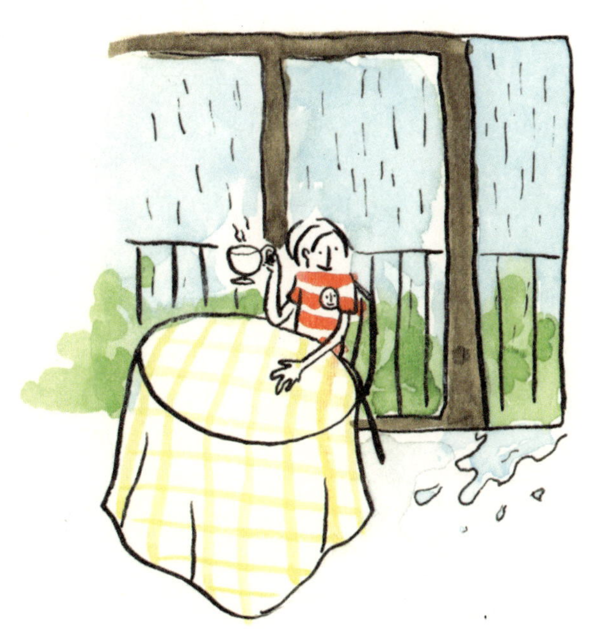

인정해야 할 것들 리스트

강남에서 사먹는 밥값.
힘들게 취업했지만 퇴사하고 싶은 마음과 그러지 못하는 마음.
더웠던 여름날의 전기세.
이번 달 카드 명세서.
연락이 안 되는 친구들.
월요일 아침의 지옥철.
저질 체력.
체중계 위 숫자.
그리고…

시간이 흐르는 속도.

이십대여 안녕.

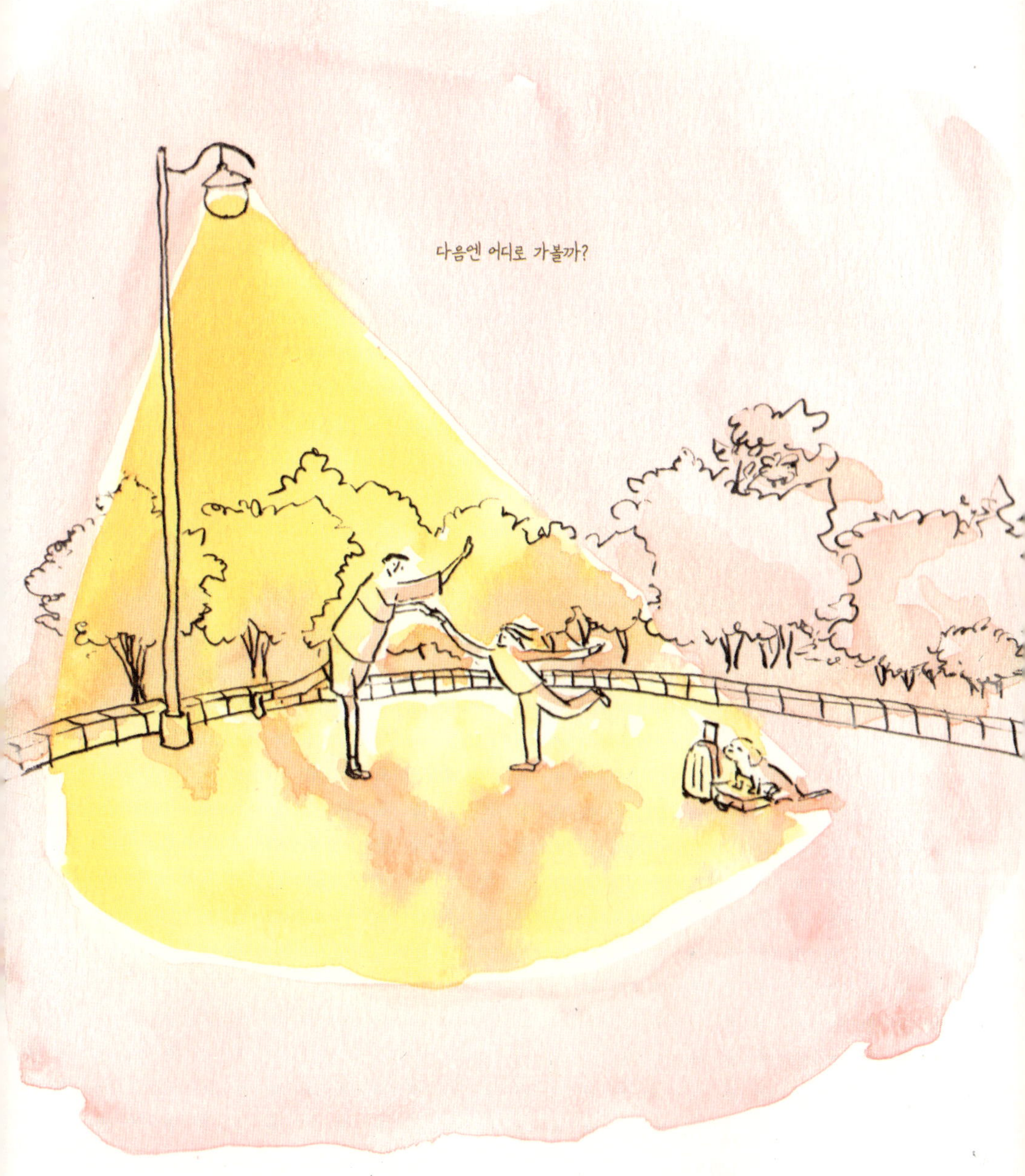
다음엔 어디로 가볼까?

유유상종의 기쁨

세상에서 제일 듣기 힘든 말이 '방청소' 하라는 소리다.
내 눈에는 정겨운 곳인데,
'어떻게 여기에 들어가 누우려 하느냐,
청소를 하거라.'라는 논리로 접근하면,
자책감에 사로잡히기 때문이다.
누군가에게 지저분해 보일지 모르지만,
그 안에는 질서와 규칙성이 있다고! (최소한 나는 그렇게 생각한다.)

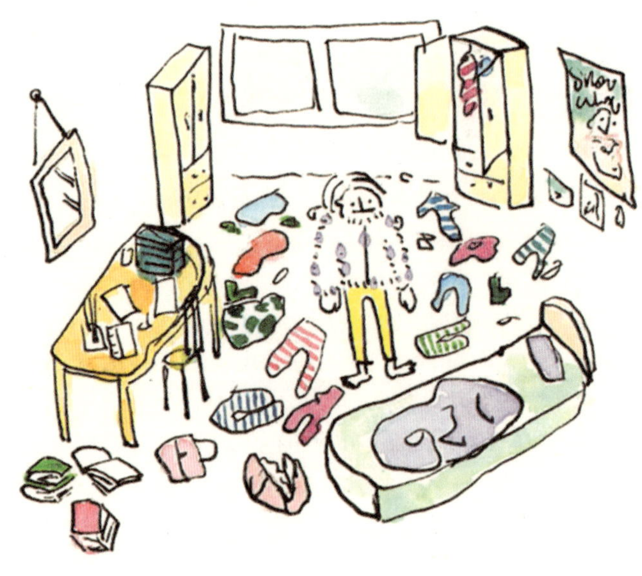

…라고 친구에게 이야기했는데, 친구는 격하게 고개를 끄덕거렸다.
유유상종의 기쁨이란 이런 것이 아닐까?

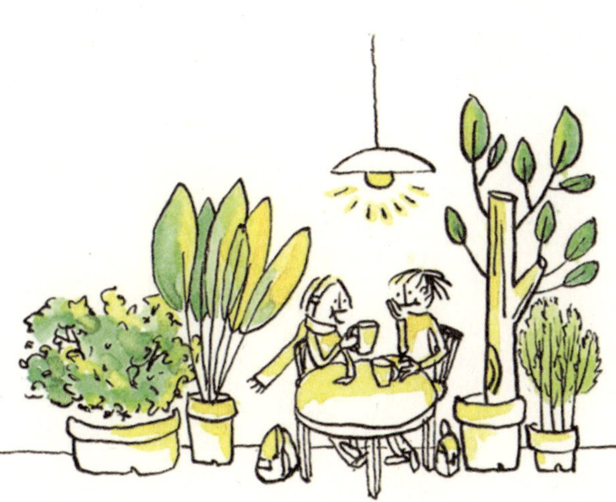

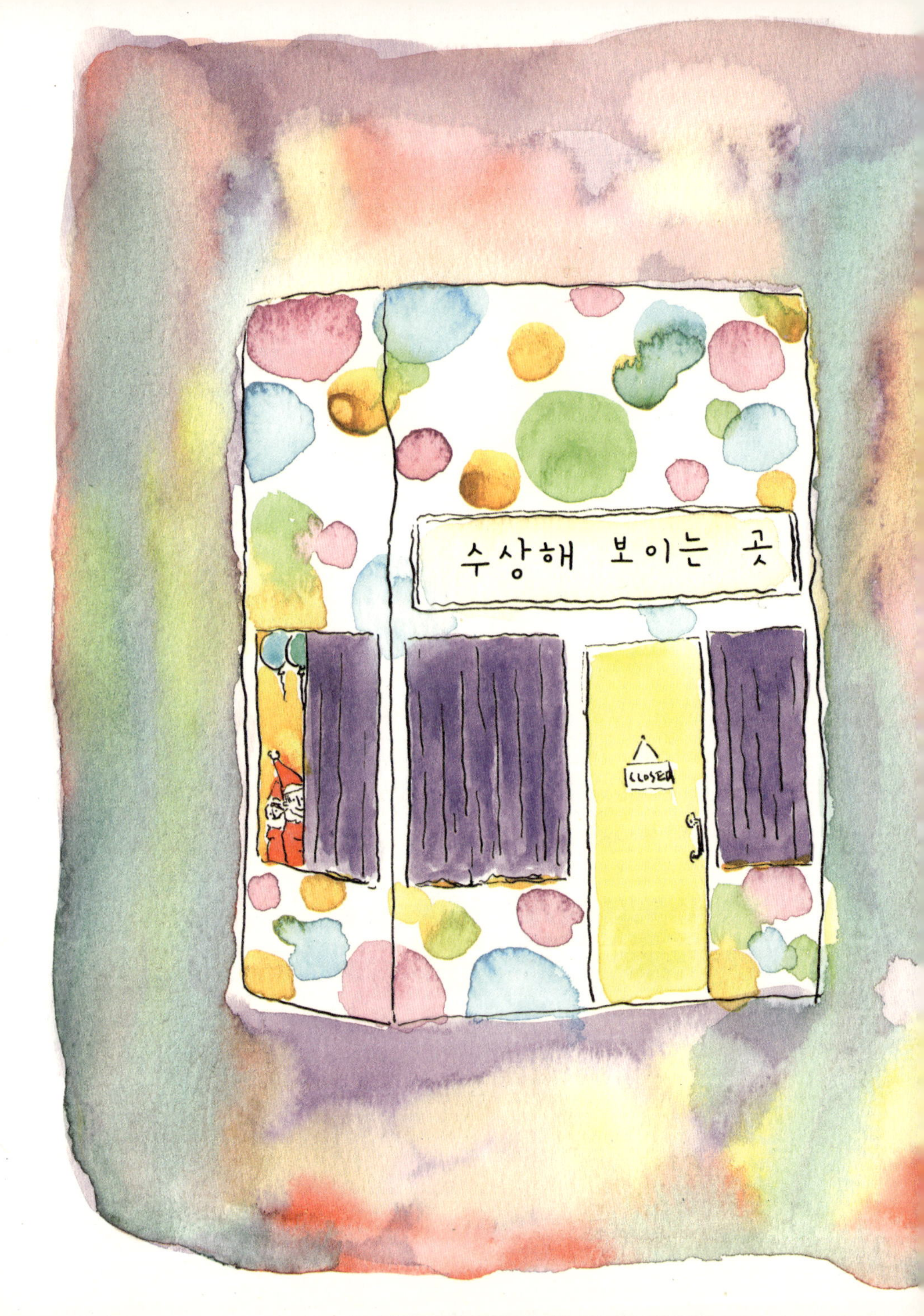

수상해 보이는 곳
CLOSED

꿈속에서 남자친구가 딱 봐도 '수상해 보이는 곳'을 가리키며
한번 들어가보자고 재촉했다.
서프라이즈 이벤트일 게 분명한데, 속아줘 말아.

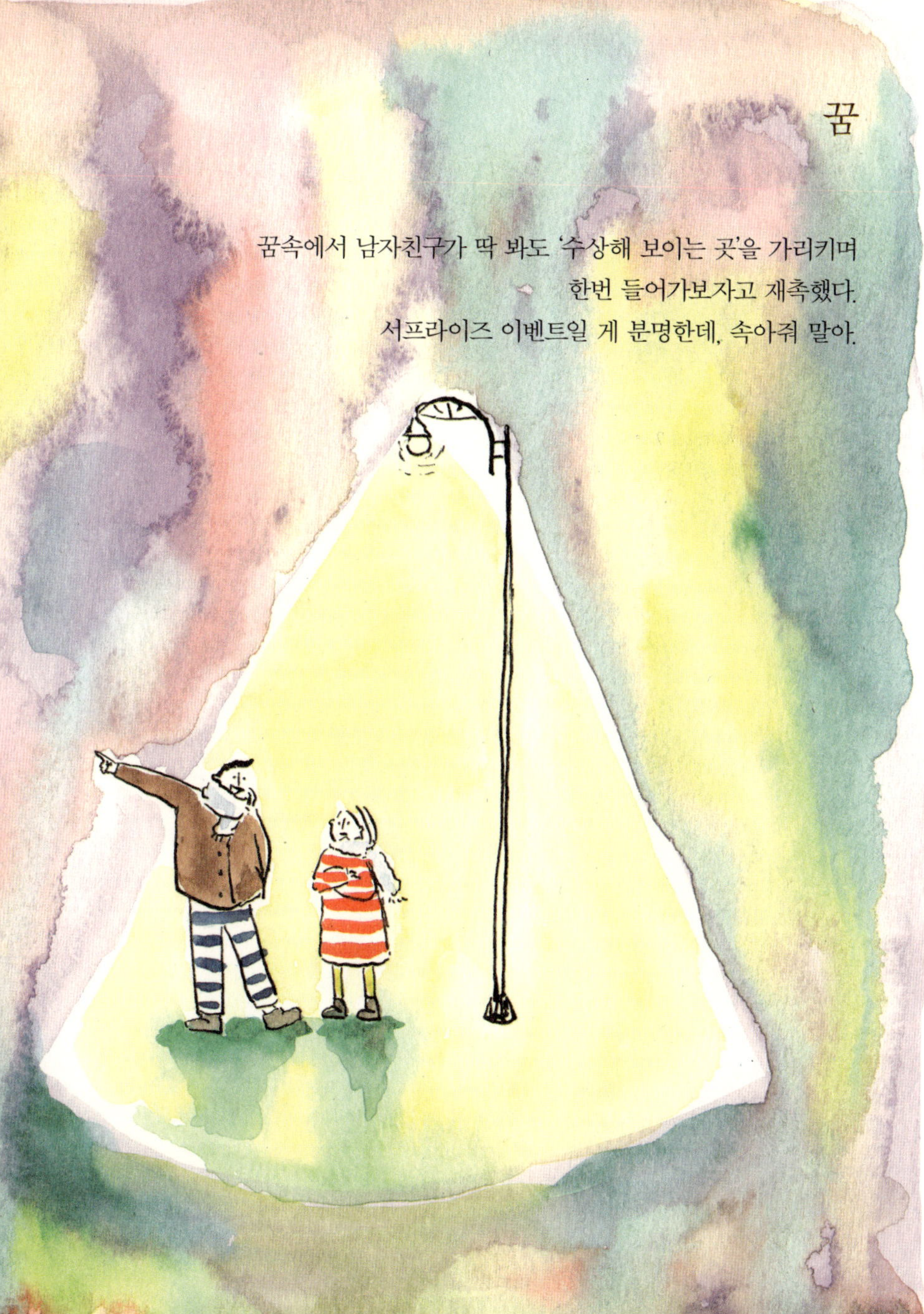

어느 이상한 논리

건강한 생활을 위해
신선한 야채를 많이 먹기로 했다.
(대전제)

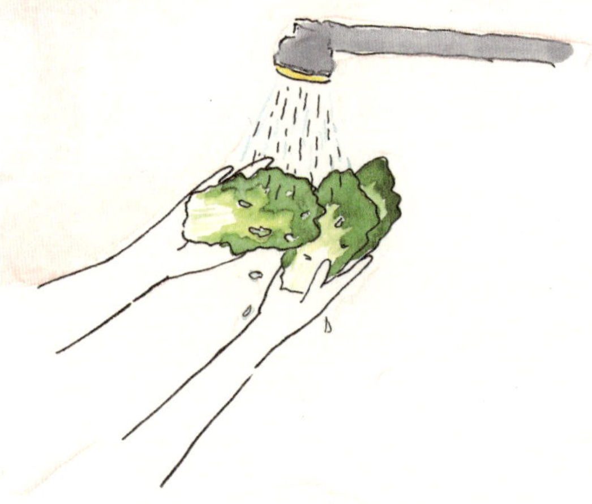

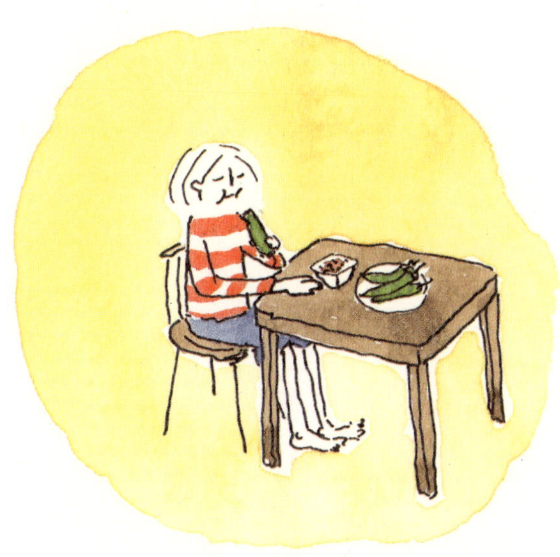

신선한 오이고추를
쌈장에 찍어 씹고 있자니,
삼겹살이 생각난다.
(의식의 흐름)

건강한 생활을 위해
삼겹살부터 굽고 있다. (의문)

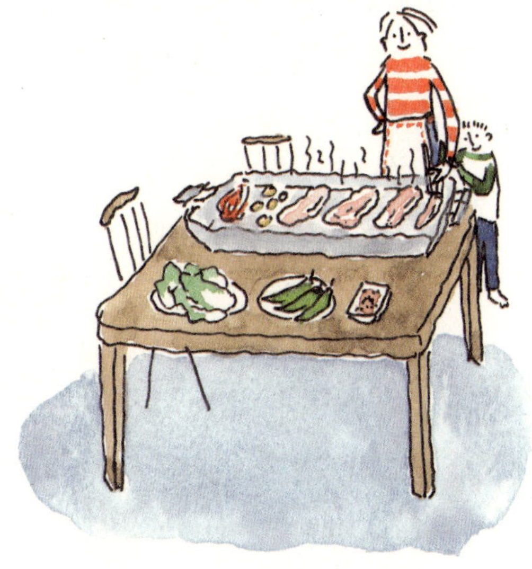

간혹 우리에게 필요한 자세

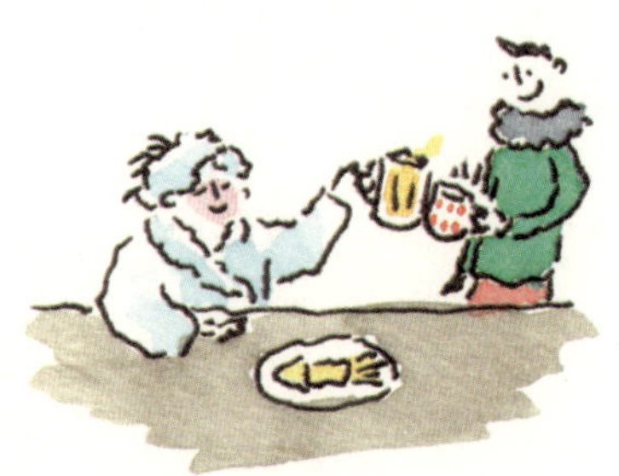

남자친구의 속사정 / 승어니 쓰고, 져니 그림

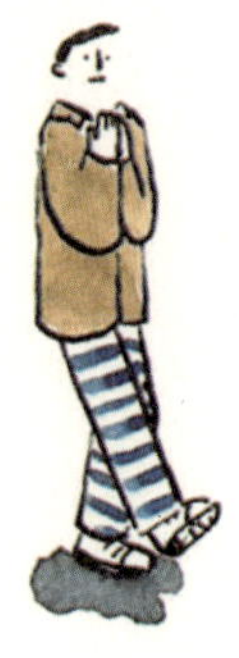

여자친구와 7년을 만났다고 하면,
"어떻게 한 사람만 좋아할 수 있어?"라고
묻는 사람들이 있다.
그럴 때마다,
"그러게요~ 잘 맞는 거죠."
라고 말하지만…속으로 웃는다.
왜냐고? 난 양다리니까.

난 매일 적게는 2명,

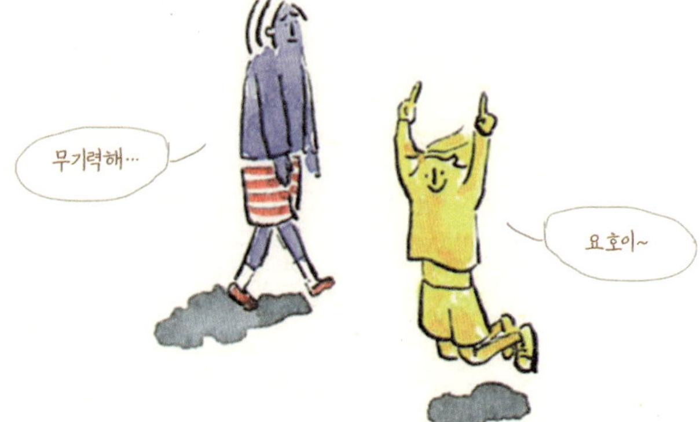

많게는 5명의 여자를 만난다.
전혀 다른 타입의 여자들이라 질릴 시간이 없다.

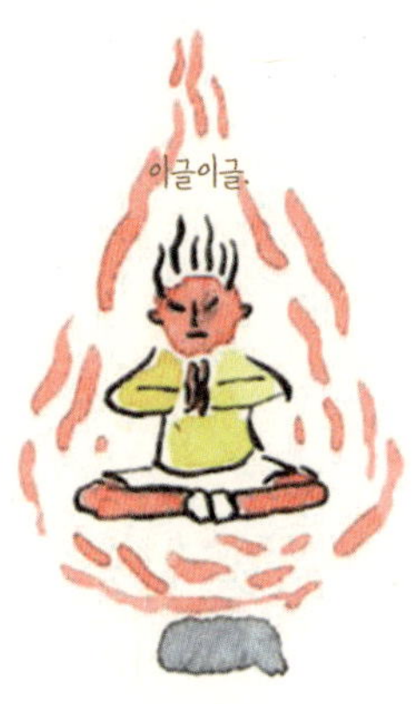

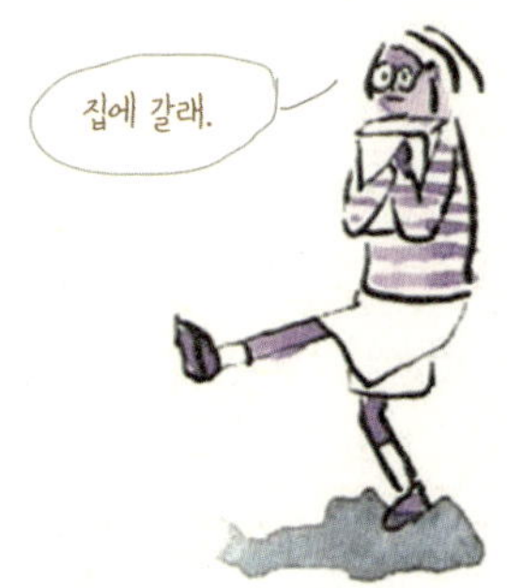

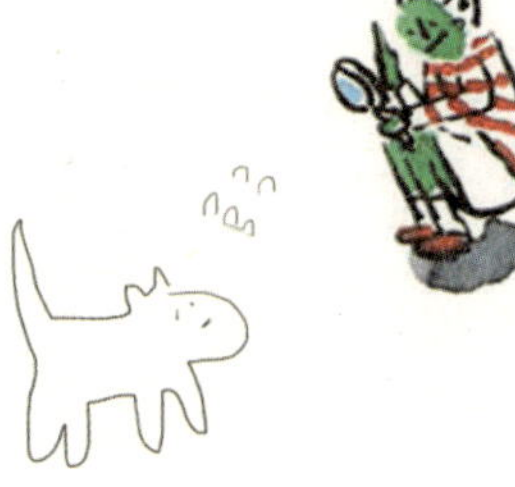

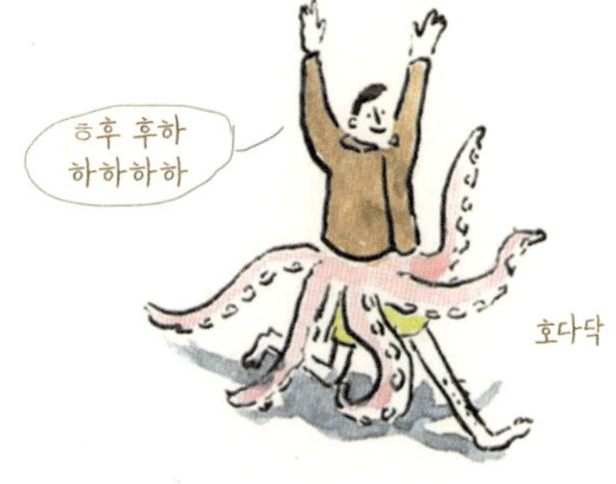

어떻게 한 사람만 좋아할 수 있냐고?
난 처음부터 한 사람만 만난 적이 없다고!

자바송

연애는 무엇이죠?
아직도 잘 모르겠지만,
서로 좋아하는 것을 닮아가는 과정이기도 합니다.

"나는 자바풍 음악이 좋아."
"나는 네가 좋아하는 게 좋아."

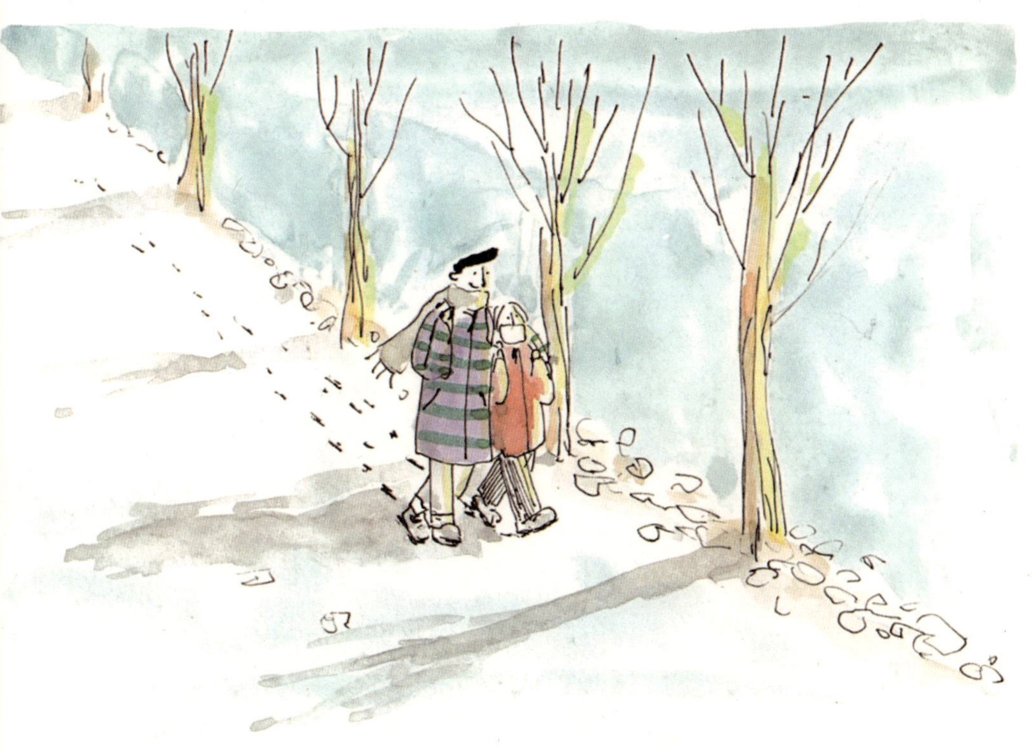

간혹 우리에게 필요한 자세

최선을 다해보지만, 모두를 만족시킬 수는 없는 거고,
내 손이 닿지 않는 건 항상 있어.
하지만 그 순간마다 얼굴 붉히며 부끄러워하지는 말자.
완벽하지 않아도 아름답기만 해.

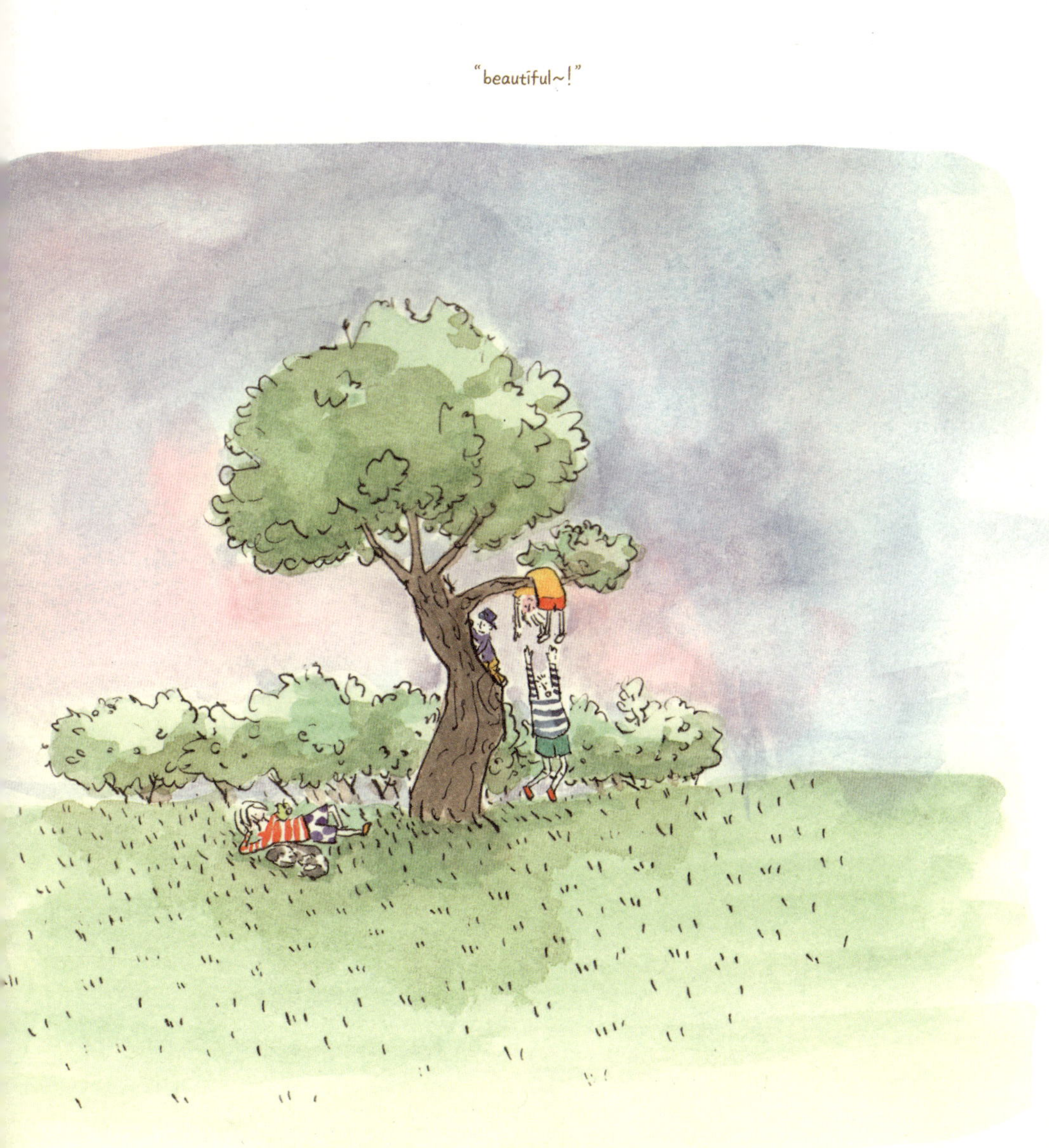
"beautiful~!"

진지한 이유

내가 널 여기까지 부른 이유는,
꼭 하고 싶은 말이 있어서야.

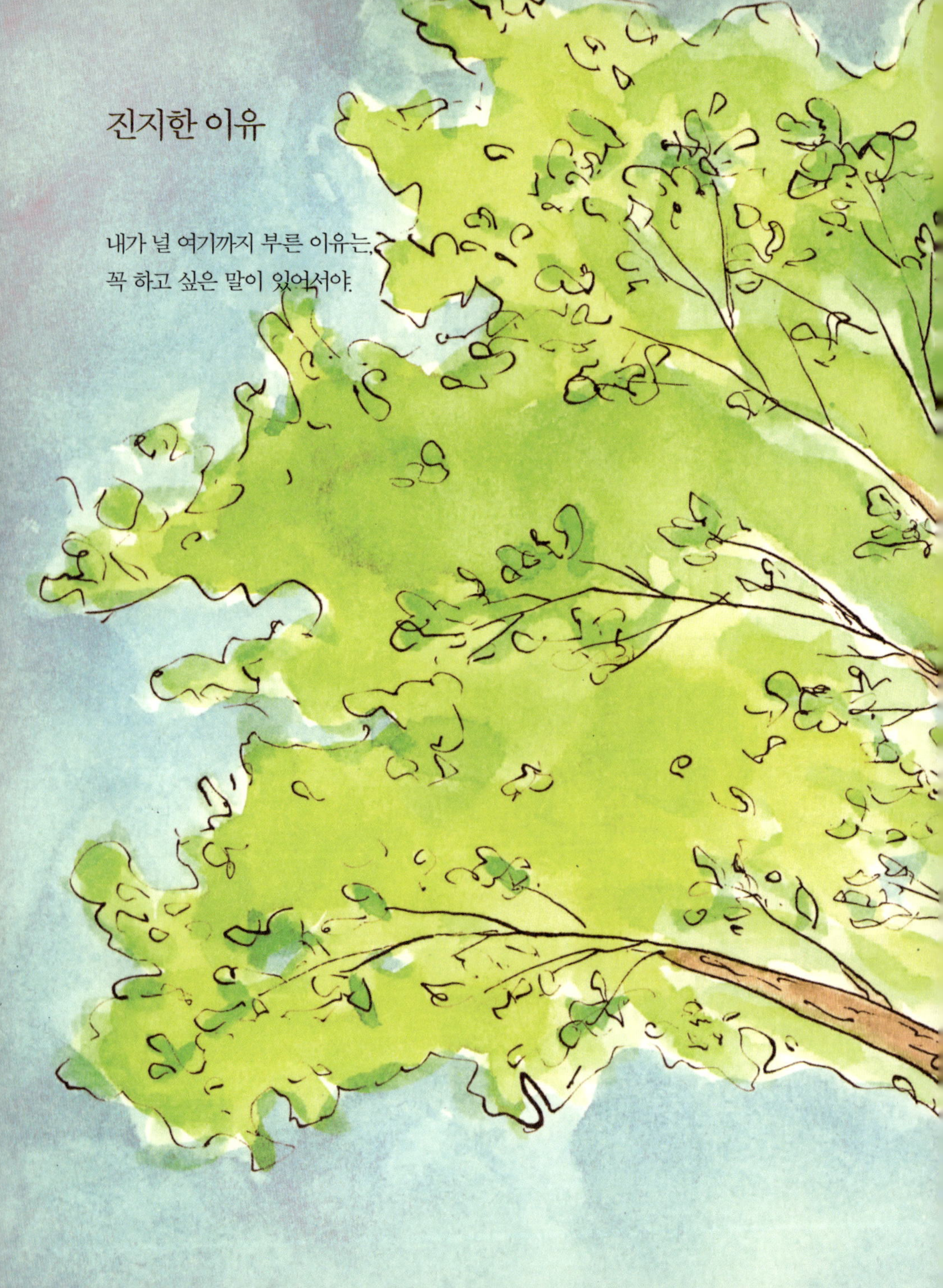

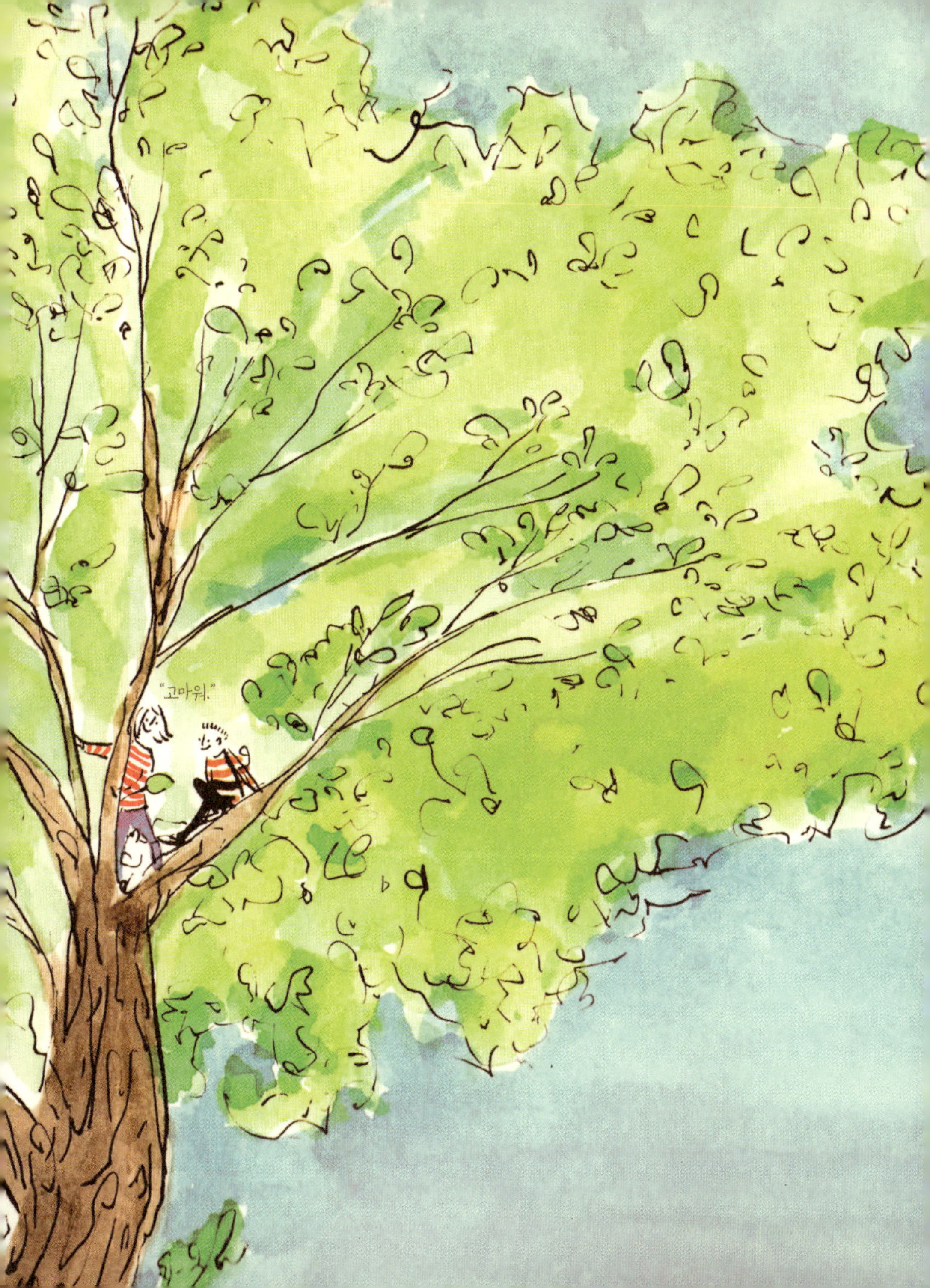
"고마워."

재미있는 일

나이 듦에 대하여 생각해보았다.
인정하기 싫어도 시간은 흘러가기 때문이다.
나이를 먹는 것, 그것 나름의 재미가 있다는 말이 떠올랐다.
아직 재미까지는 모르겠다.
하지만, 재미있는 일이라니 기대가 되긴 한다.

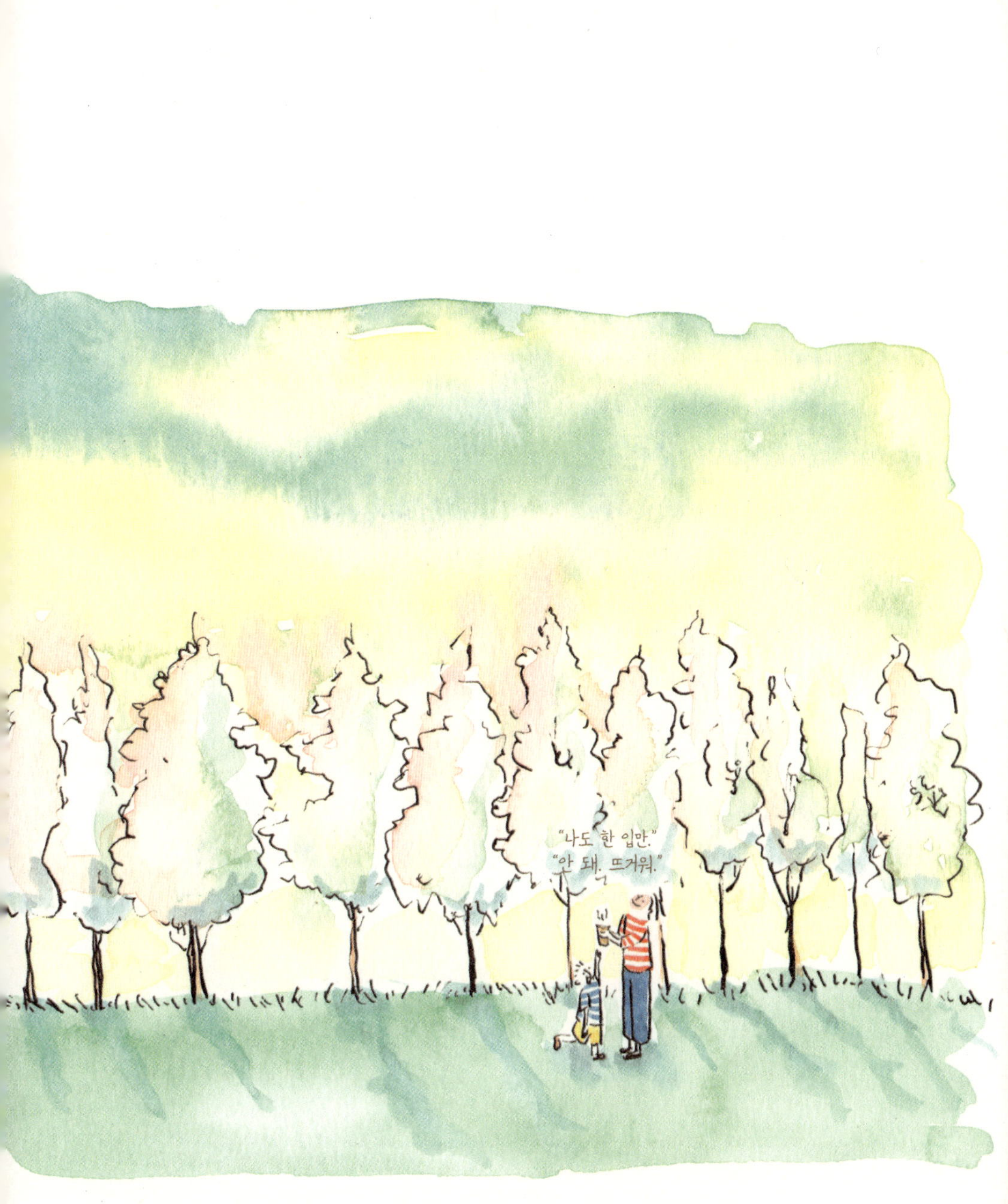

"나도 한 입만."
"안 돼. 뜨거워."

21세기의 주역

학창 시절, 21세기의 인재가 되라는 이야기를 들으며 자랐다.
그런데 가만히 생각해보니, 지금 조카뻘 되는 아이들도 21세기의 주역들이더라.
그리고 시대가 변한다 하더라도, 우리가 바라는 미래의 주역은 매한가지더라.

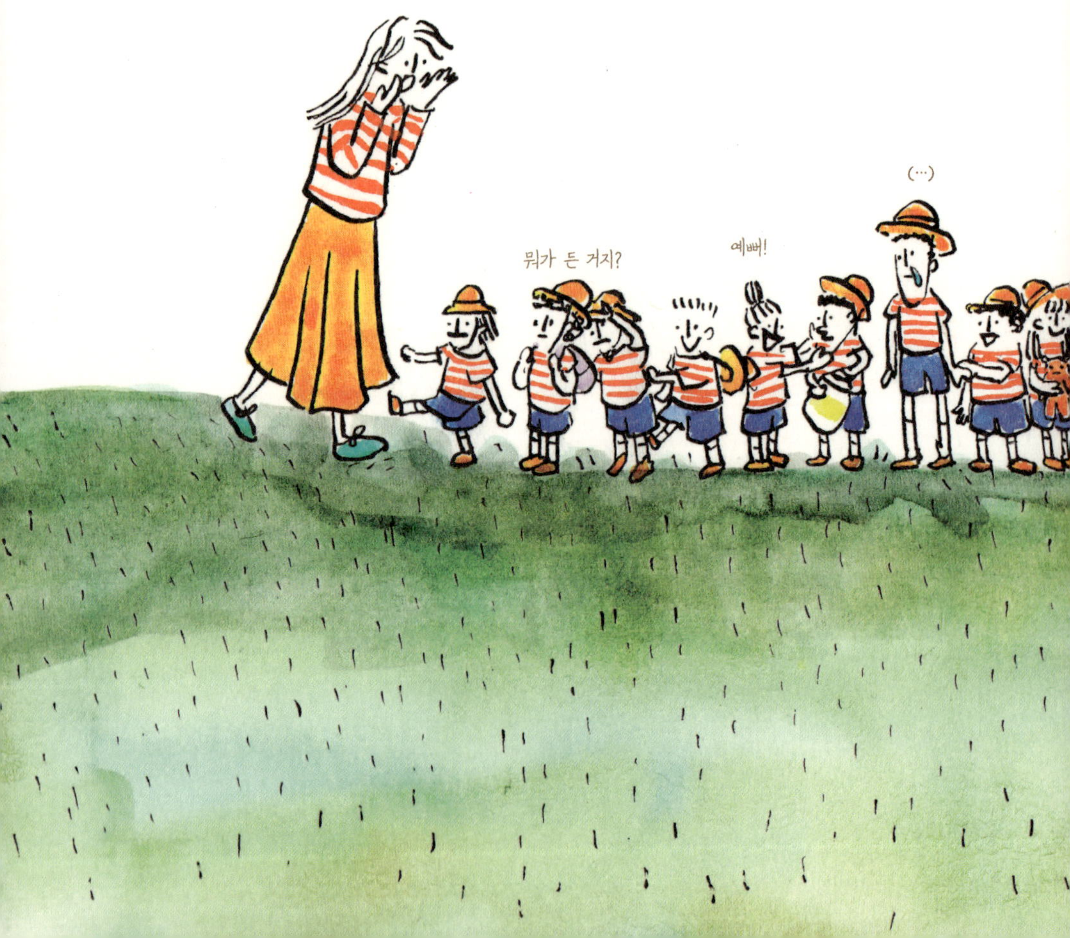

호기심이 많은 인재, 친구를 사랑하는 인재, 키가 큰 마음 착한 인재,
쑥스러움 타는 인재, 대신 물어봐주는 인재, 외로움 타는 인재,
타인을 챙겨주는 인재, 그것을 바라봐주는 인재, 겁이 좀 많은 인재,
그리고… 용감한 인재.

그러고 보면 21세기의 주역은 우리 모두이더라.

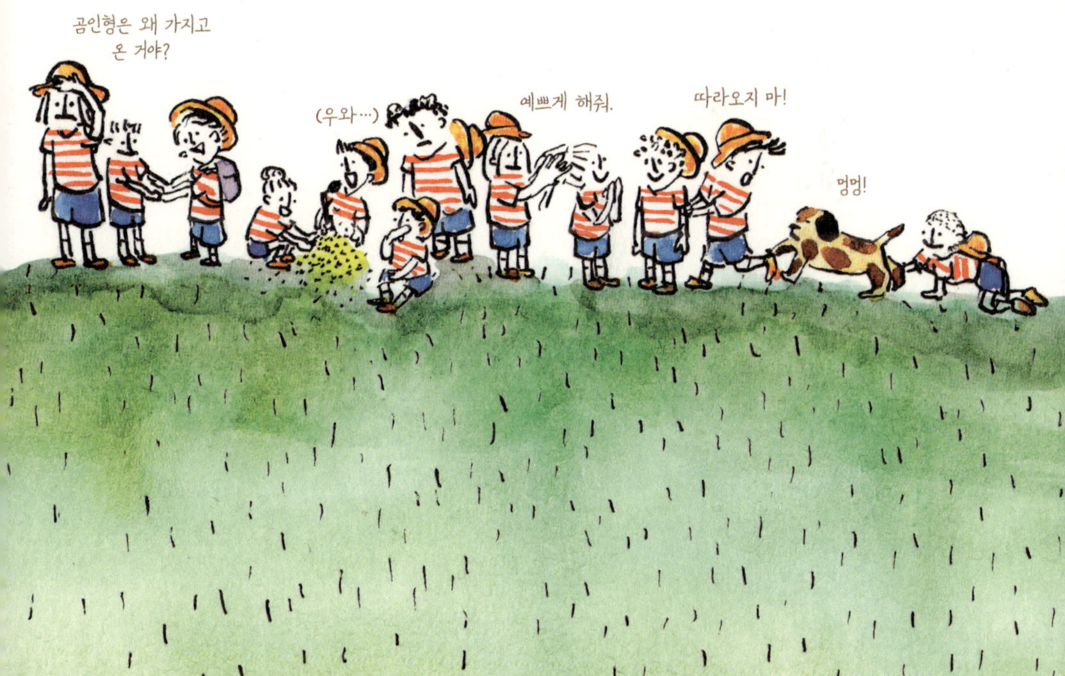

취업 엔딩

계절이 바뀌어도 고용 시장은 춥기만 한데… 입사를 하자마자 퇴사를 준비하는
직장인이 늘어나고 있다. 든든한 연봉과 미래에 대한 기대감을 안고 입사했지만,
이것이 무엇을 위한 노동인가 고민하는 시기가 오기 때문이다.
요즘 같은 고용 한파 속에 이게 무슨 신선놀음 같은 소리인가 하겠지만,
(그럴수록) 남들보다 시작이 좀 늦더라도 오래 즐길 수 있는
나만의 직업을 찾아야 하지 않을까 싶다.
오늘내일만 바라볼 수는 없으니까.
벚꽃과 함께 취준생의 고민에도 엔딩이 찾아오기를!

"광복절과 함께 해방될 거야!"
"언젠 벚꽃과 함께 날아가겠다면서?"

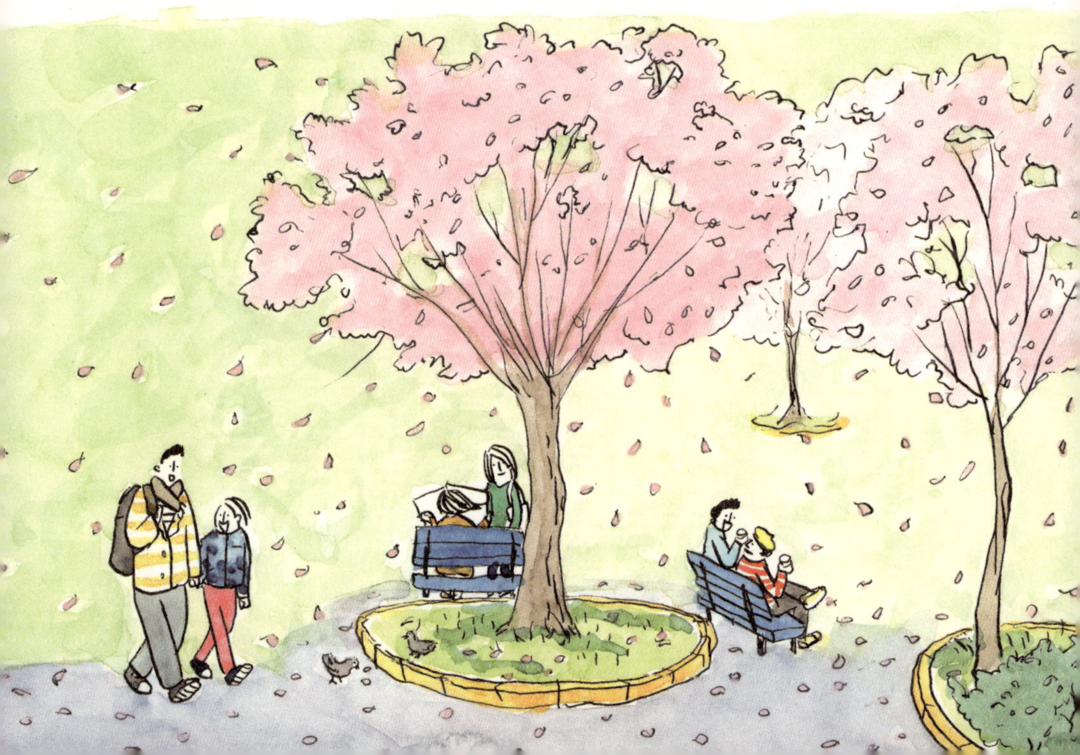

좋아하는 상상

서른을 눈앞, 아니 코앞에 두고 있는데,
아직도 나는 어린아이처럼 장래희망이 있다.

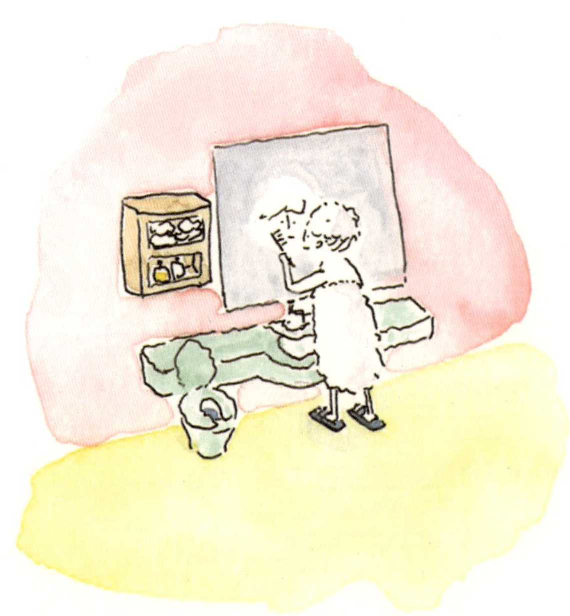

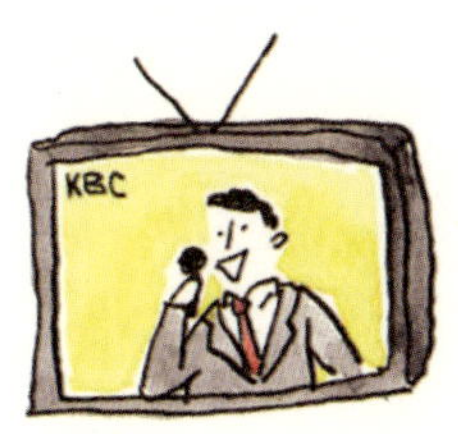

앵커 : 나중에 어떤 사람이 되고 싶은가요?

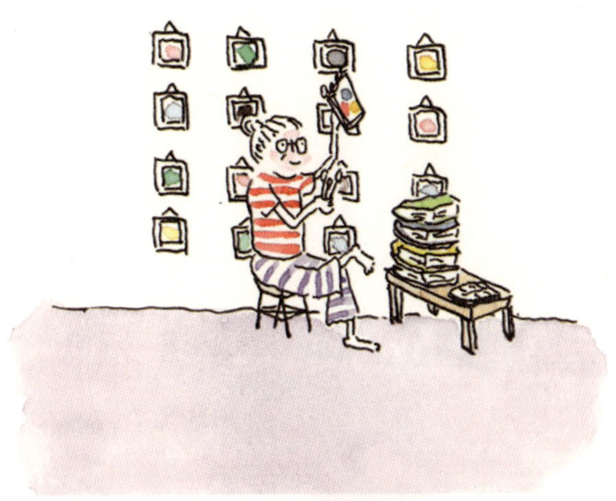

김겨니(29세) : 할머니가 되어서도
그림을 그리고 글을 쓰고 싶은데….
이건 무슨 직업인 거죠?

꿈을 이루어야 할
정해진 나이는 없으니까,
언젠가는 이루어질 수밖에 없네.

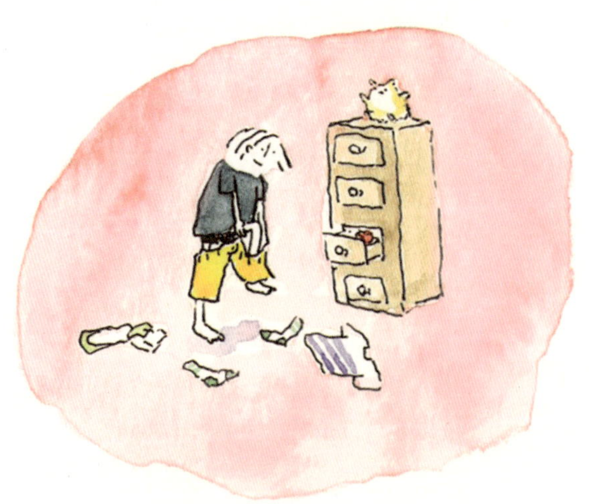

짧은 축구일기

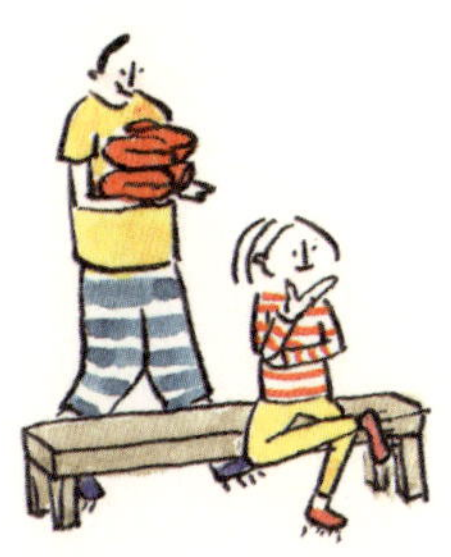

우리 커플은 축구를 좋아한다.

응원하는 선수와 팀은 달라도,
여전히 우리는 축구를 좋아한다.

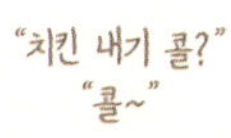

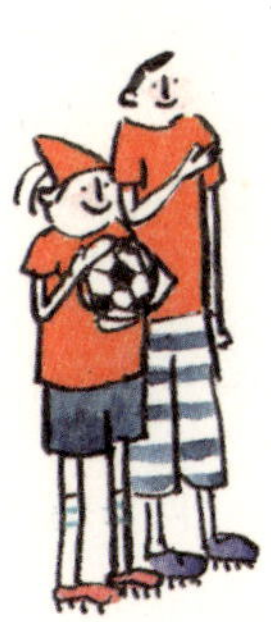

퍼펙트 데이

버스를 놓쳤고,
택시를 탔는데 지갑을 두고 왔고,
퇴근 전에는 사직서를 한번 써봤고,
정말 힘든 하루였는데….

이렇게 사랑하는 사람의 얼굴을 보니
기분이 좋아진다.

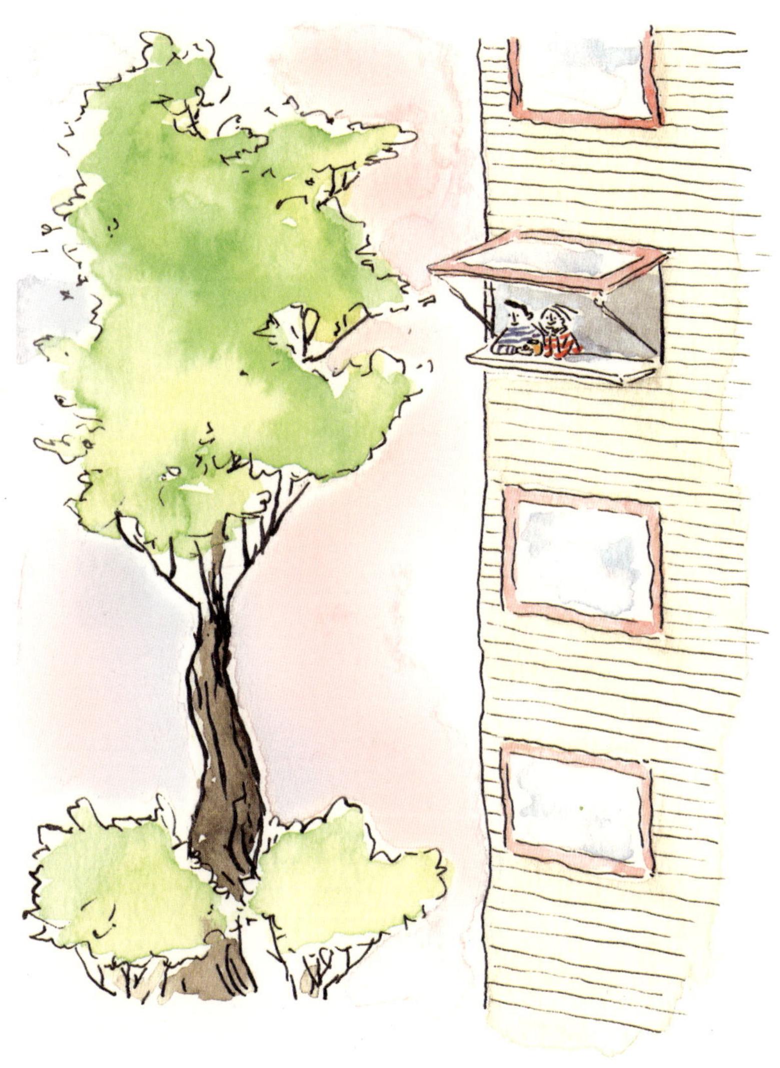

있나요?

도대체 지금 몇 시인 거지….
(드라마 정주행 中)

너무 사랑하는 마음에 밤을 지새워본 적 있나요?
저는 한번 좋아하면 끝을 봅니다.
그래야 잠이 오거든요.

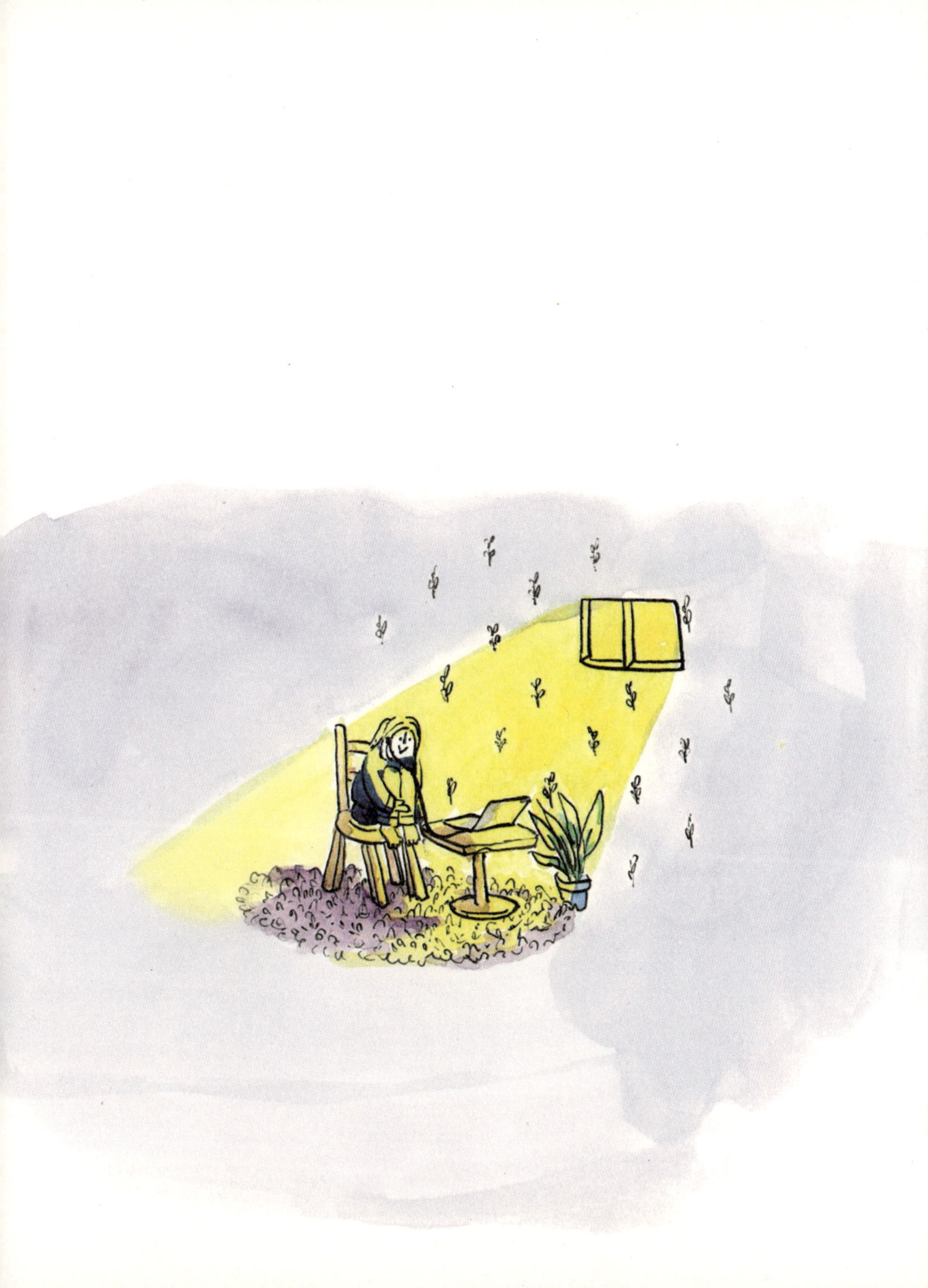

클래식한 멋

나는 오래된 것들이 멋져 보인다.
가령 옛날 옷이라거나 시계, 금반지, 가방 같은….

어느 날, 펜촉을 닦고 있는데
옆에 계시던 할머님께서 말을 거셨다.

"학생, 이게 뭐예요?"
"펜촉이에요."
"우리 옛날에는 이거로 공부했는데….''

역시 옛날에는 교육 환경도 멋졌구나.

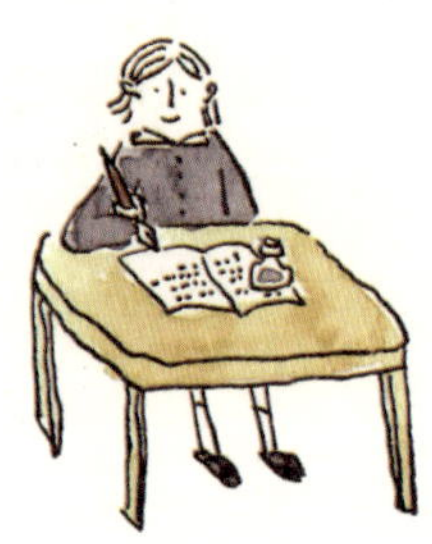

나의 멋진 아이템들

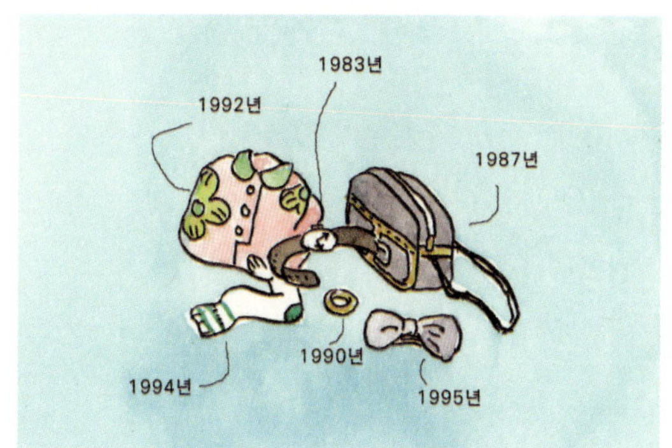

"학생 이게 뭔가?"

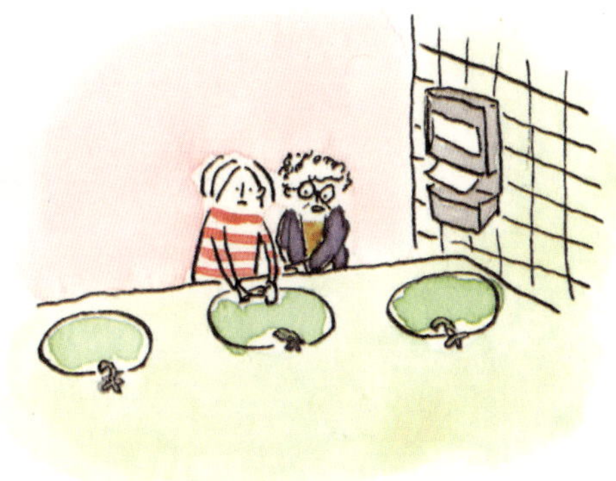

내가 사용하는 펜촉과 잉크

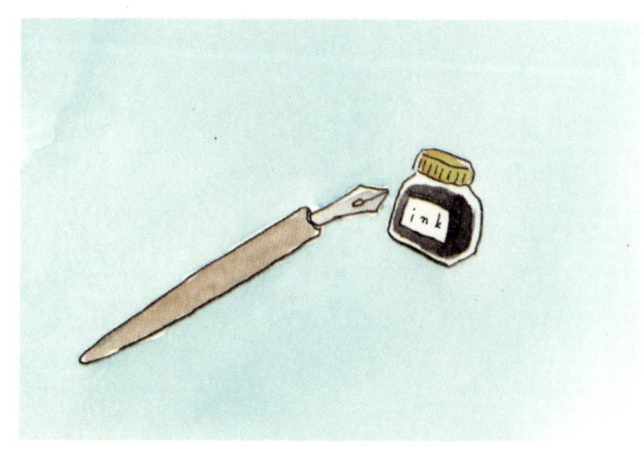

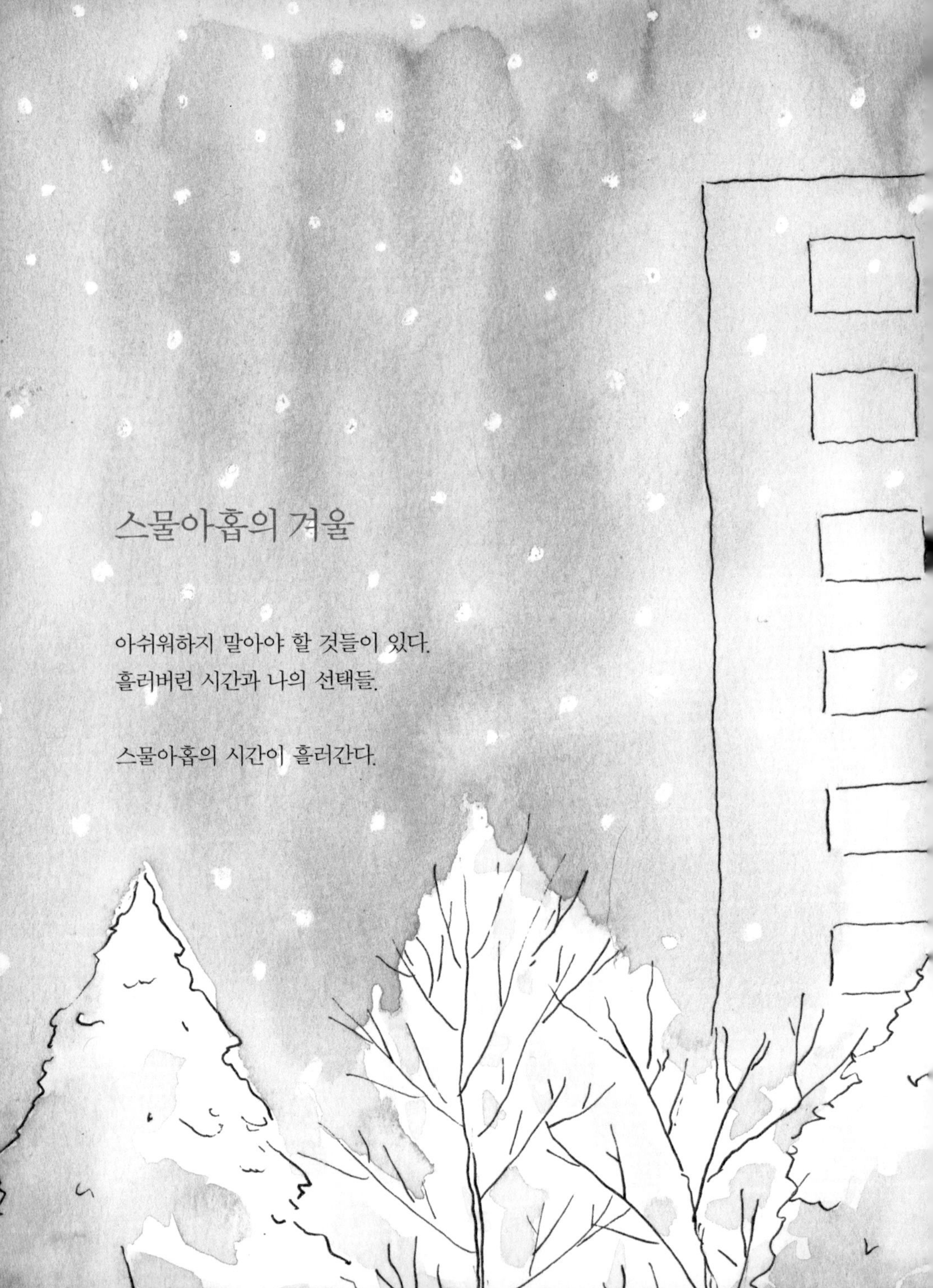

스물아홉의 겨울

아쉬워하지 말아야 할 것들이 있다.
흘러버린 시간과 나의 선택들.

스물아홉의 시간이 흘러간다.

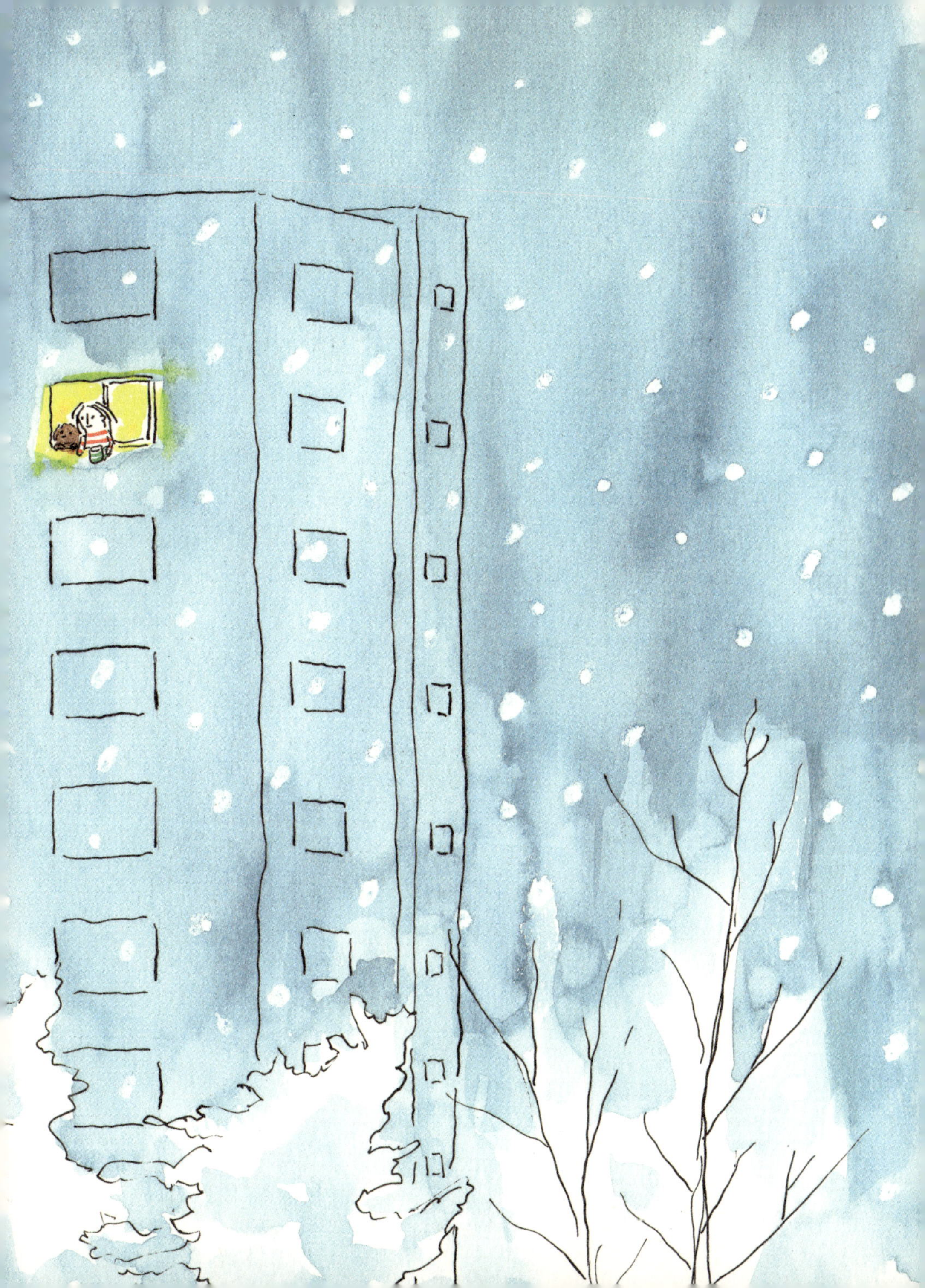

일기를 쓰게 된 이야기

나와 남자친구는 30cm 정도 키 차이가 난다.
그리고 나는 내년에 서른 살이다. 숫자 30은 대체 내게 무엇….

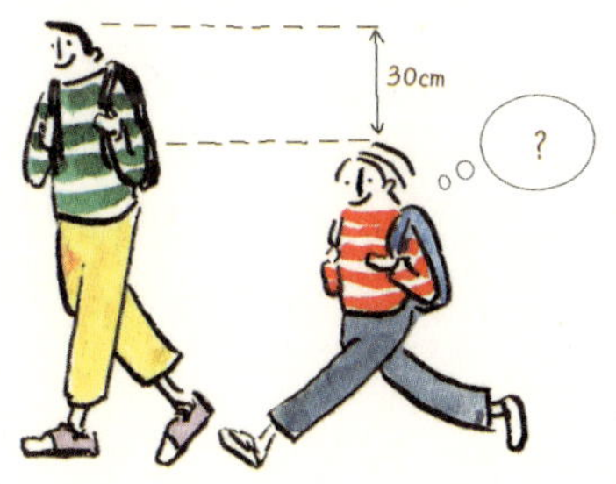

애플파이와 그림일기

사실 일기를 그리게 된 계기는 지극히 계산적(?)이었다.
스물아홉을 맞이하던 겨울, 남자친구가 이런 제안을 했다.
"져나, 네가 낙서하던 그림을 인스타그램에 올려서 365개가 채워지면,
내가 '그것'을 선물해줄게."

(이게 무슨 말이래….)

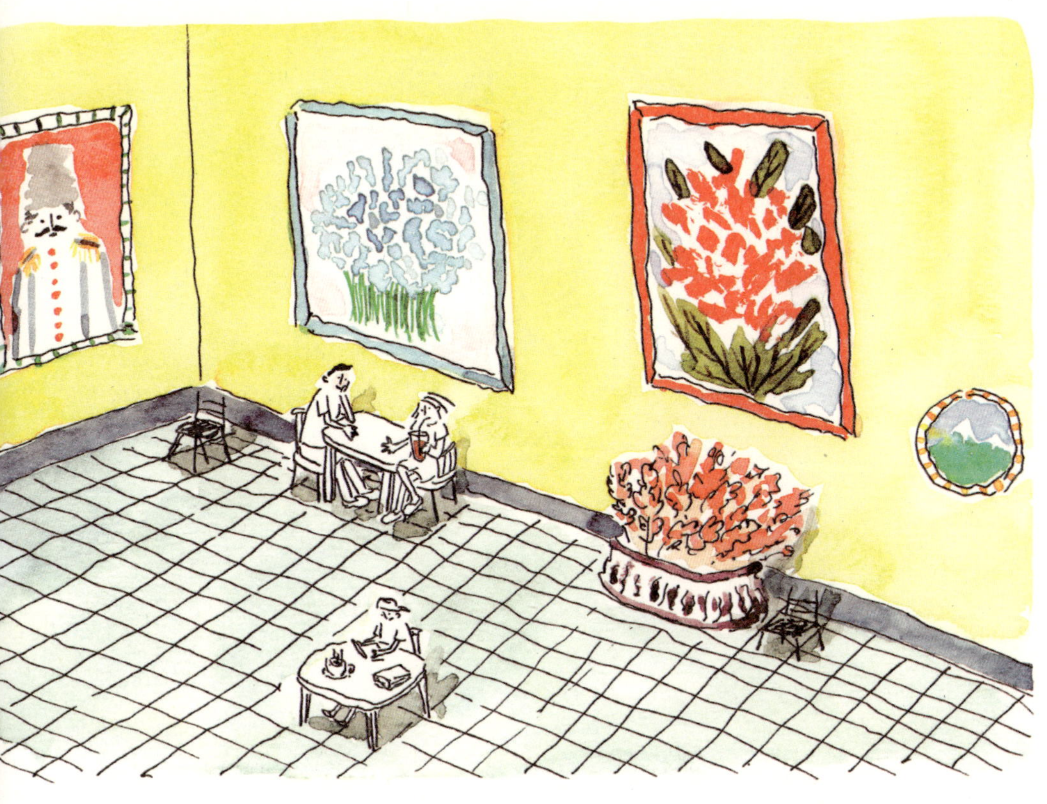

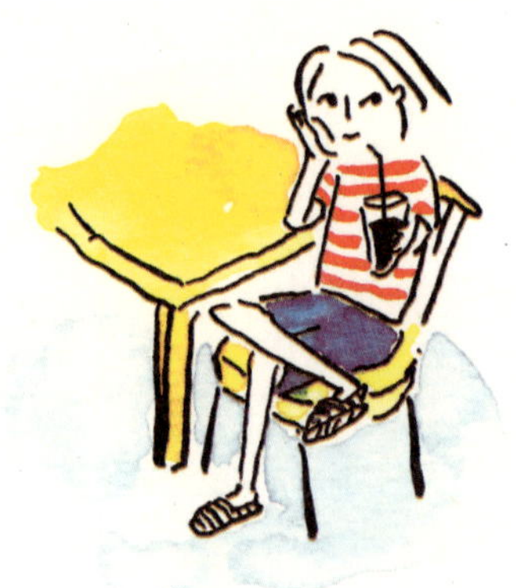

"싫어."
"귀찮아."
"안 해."
"어차피 못 하고 언제 해!"
(해볼까?)

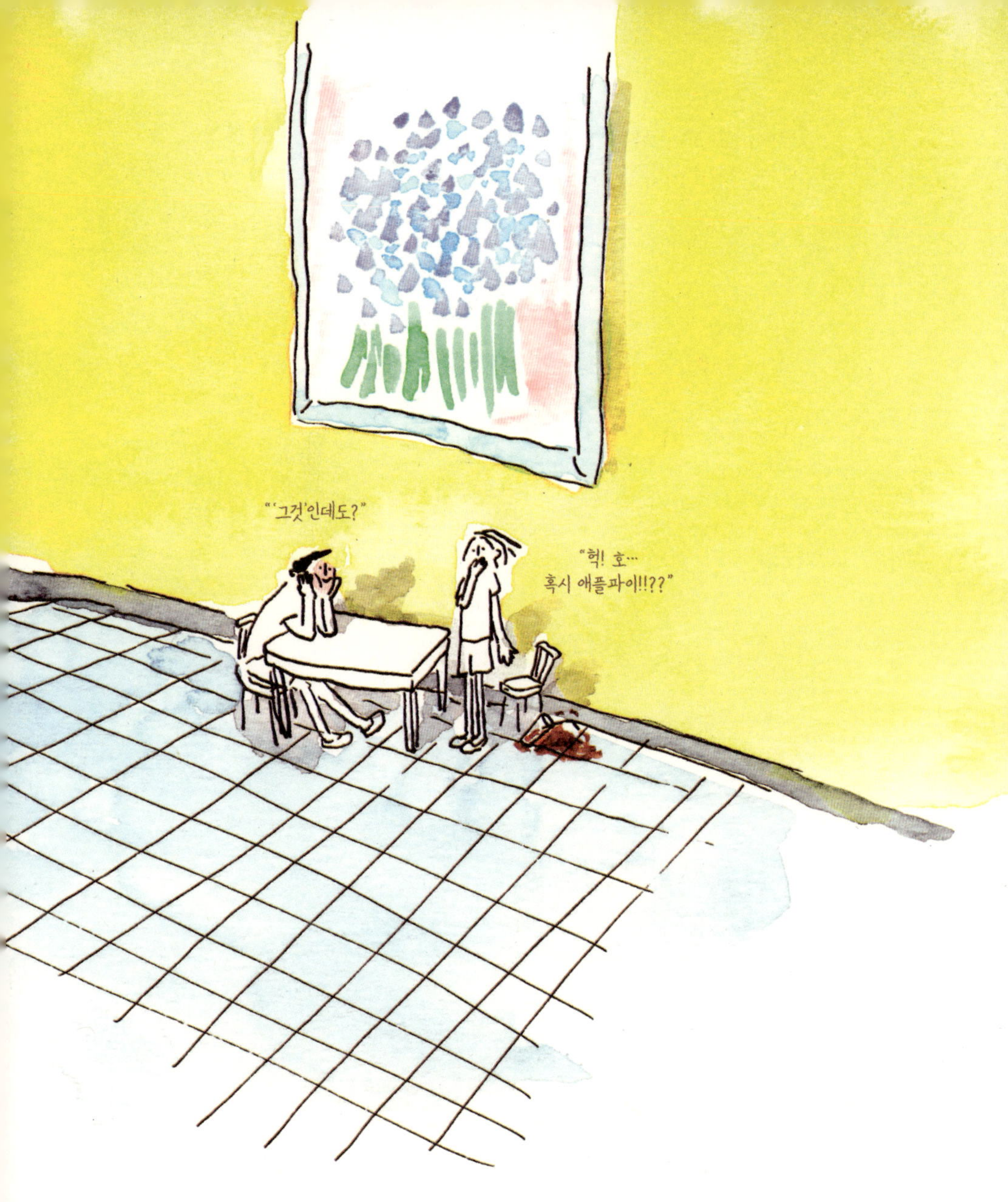

애플파이는 appl* 사에서 나온 태블릿의 애칭입니다.

어차피 작년에 선물 받은 다이어리도 거의 쓰지 않아 새 거였는데,
다이어리를 채울 겸, 시작한 매일의 그림일기였다.

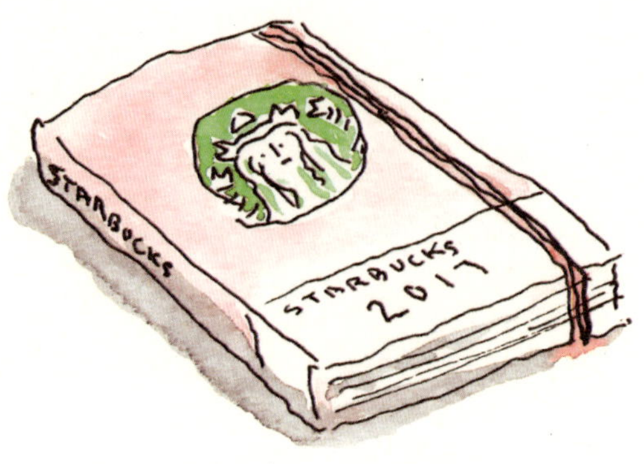

그런데 이것이 쌓이다 보니 기록을 하는 즐거움이 생겼다.

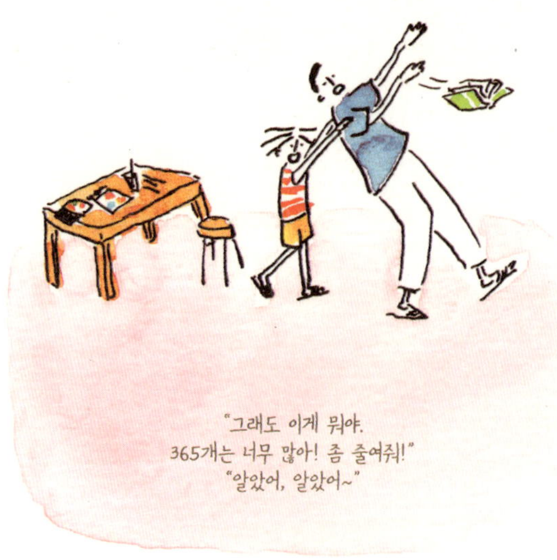

그리고 우여곡절 끝에 꿈에 그리던 애플파이를 선물 받았다.
정말 가지고 싶던 애플파이였다.

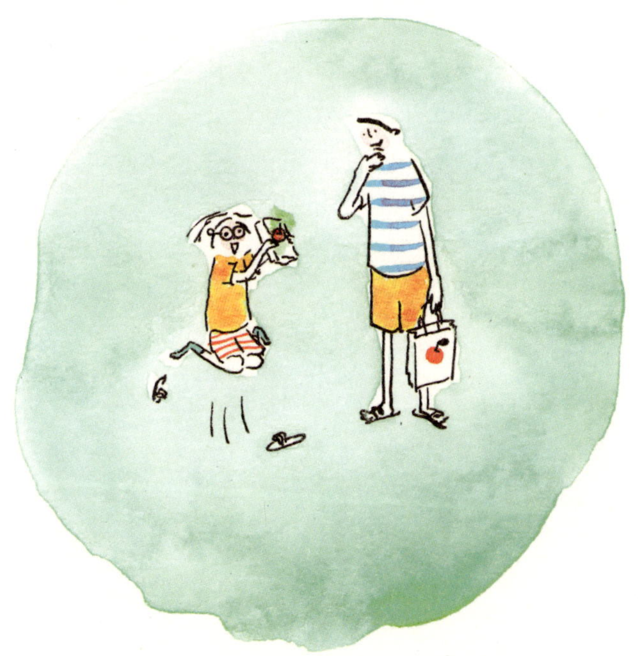

하지만 나는 스물아홉의 기록을 담은,
나만의 일기장을 더 큰 선물로 얻게 되었다.
작은 시작이었는데, 여기까지 왔다.
왜인지 모르게 이런 믿음이 생긴다.
'앞으로도 잘할 수 있을 거야!'

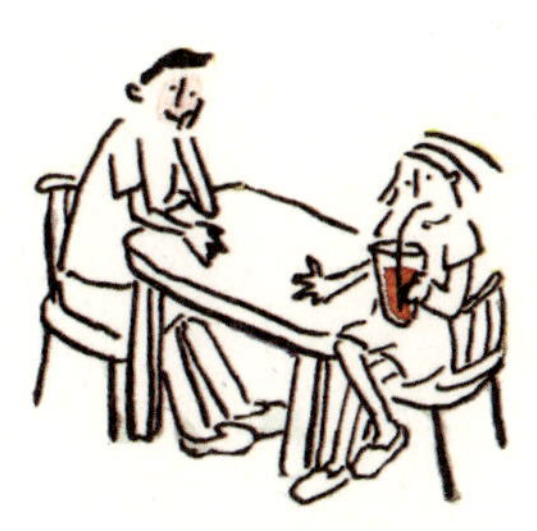

"이런 속셈이었구먼?"
"응, 난 늘 큰 그림을 그리지 후후…."

일곱 번째 이야기

이제 서른입니다

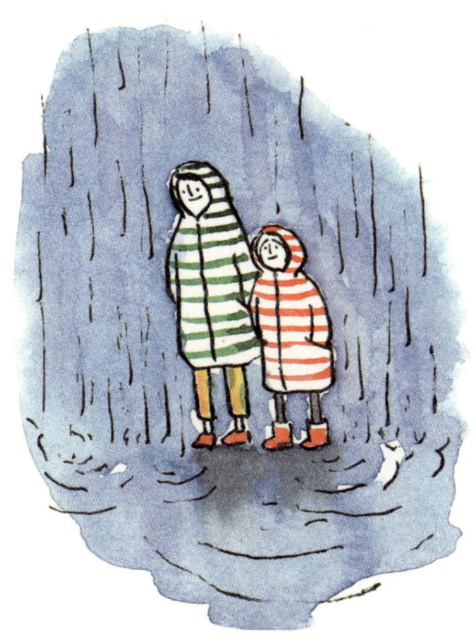

사소하지만 강력한

어처구니가 없는 일이지만,
너무나도 사소한 일들에
파르르 눈꺼풀이 떨리는 순간이 있다.
예를 들면, 바지 밑단을 자를지 말지
물어볼 사람이 없을 때처럼 말이다.

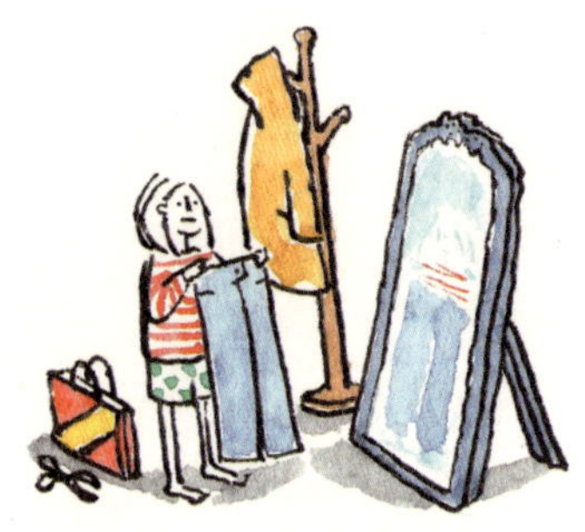

대학을 졸업하고, 직업을 갖고,
독립을 하면, 어른이 되어 있는 줄 알았다.
하지만 나는 여전히 사소한 일에 흔들린다.
어른이 된다는 것은 무엇일까.
언제쯤 나는 완전히 독립할 수 있을까.

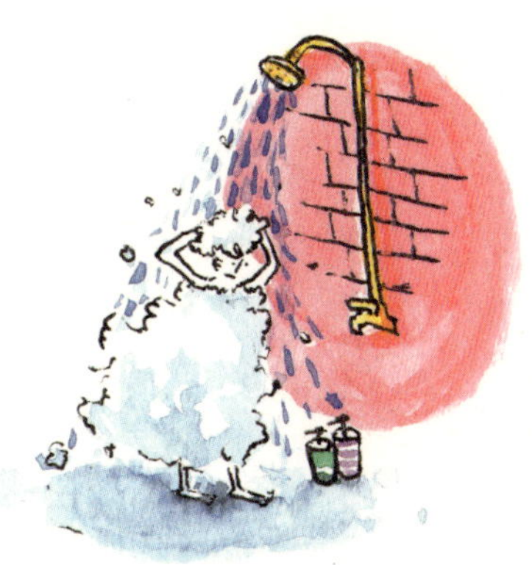

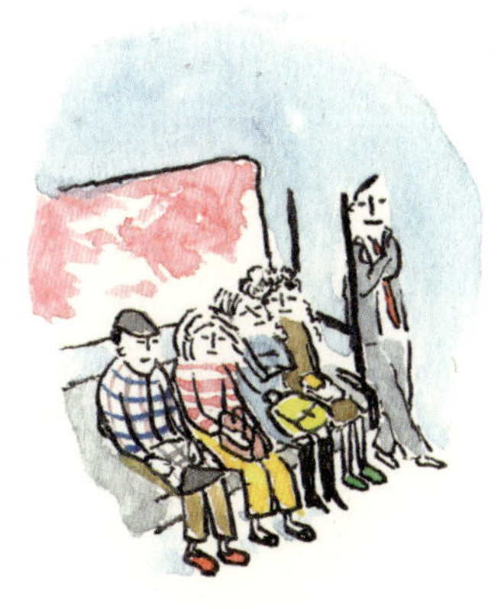

이 이야기를 들은 친구가 말했다.
"그게 뭐 대수냐. 그냥 그렇게 살면 되지."
이 한마디가 위안이 된다.
'그래, 그게 뭐 대수냐.
다들 이렇게 사는 거지 뭐.'

배달의 민족 2

우리 집에서 겨울을 내보내는 방법은
냉면을 데려오는 것이다.

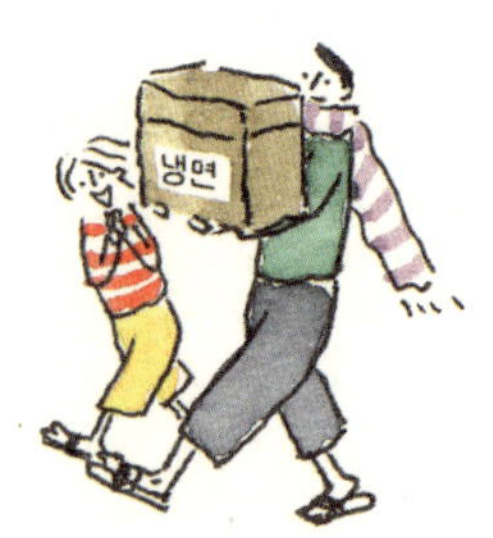

냉장고에 여름이 가득 찼다.
이렇게 우리의 추운 겨울이
지나간다.

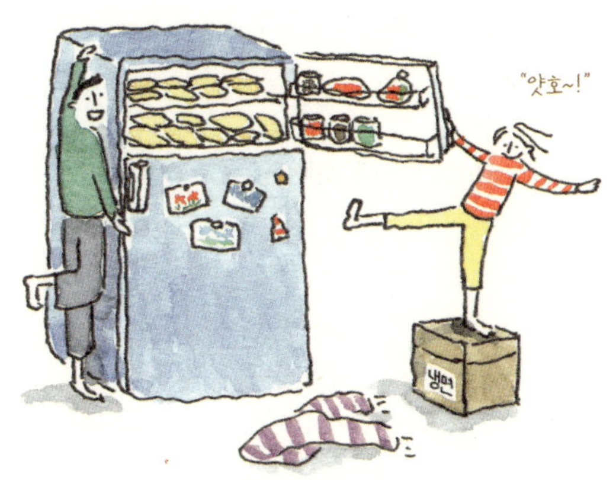

우리가 사는 방식

책을 좋아하지만 책장은 작은 사이즈로.
차 대신 자전거를 타고 시장 보러 가기.
나무는 한 그루만 정성껏 키워보기.
공간을 비워두기.
그리고 그 공간을 음악으로 채우기.
우리는 힘을 빼고 살아보기로 했다.

"잘 잤어?"

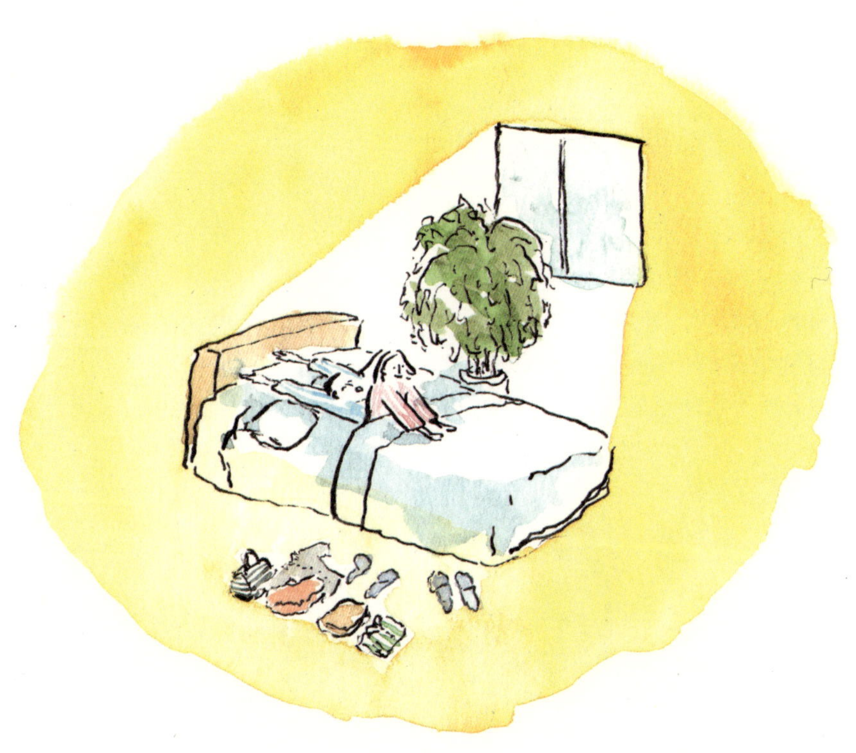

엄청 쉽게 행복해지는 법

나는 음식을 먹기 전에 양치를 하는 것을 좋아한다.
마치 내가 자주 양치를 하는 청결한 사람처럼 보이기 쉽지만, 그 뜻이 아니라,
양치 뒤 음식을 먹는 상쾌함이 좋다.
고귀한 음식의 맛을 영접하는 순간이.

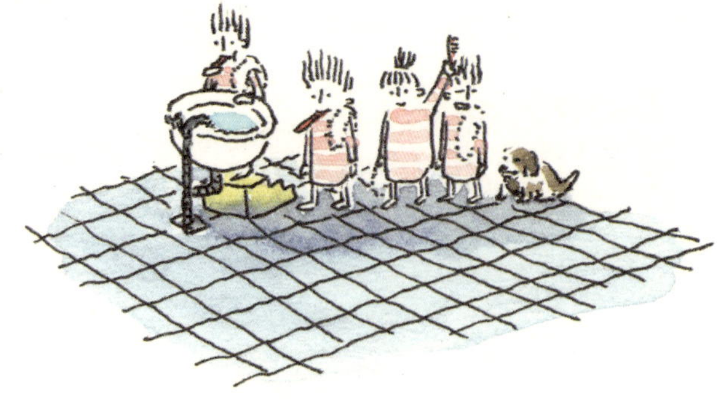

두 번째로 나는 누군가 나의 머리를 만져줄 때 기분이 좋아진다.
사르르 떨어지는 머리카락 그 속에서 느끼는 해방감이란!

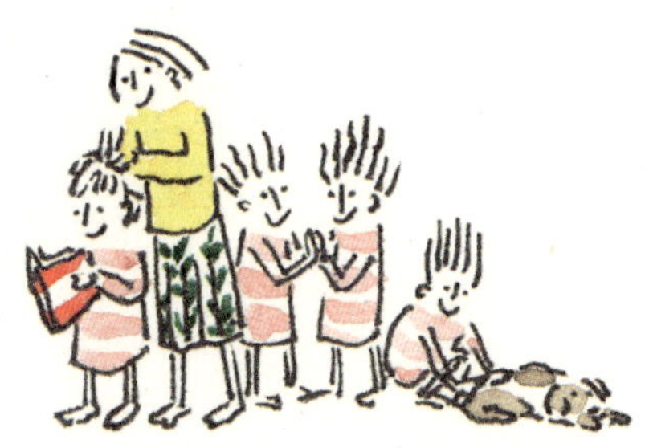

마지막으로 좋아하는 것은 양팔을 위로 젖히고 잠에 드는 것이다.
이렇게 하면 잠에 잘 드는데 왜 그런지 잘 모르겠다.
아, 이렇게 나열하고 보니 행복하다.
이렇게 쉽게 행복해지는 사람이라니.

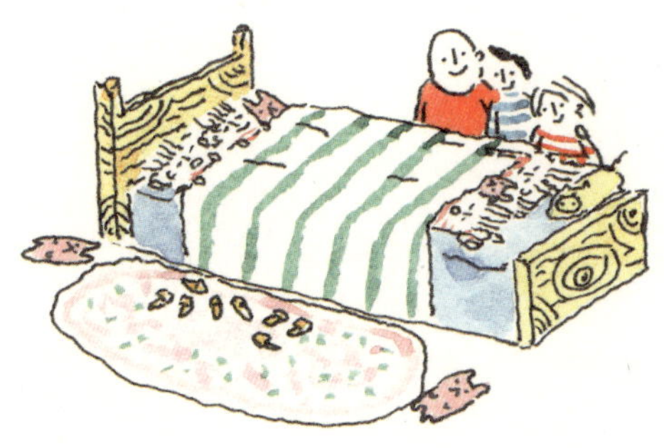

그대로다

서른이 되었다.
초등학교를 졸업하고
중학교에 입학하던 순간 같은
드라마틱한 변화는 찾아오지 않았다.
(교복이 바뀌거나, 친구들이 바뀌는
그런······.)
내 친구들은 아직도 내 친구들이고,
옷장에 옷들도 그대로다.

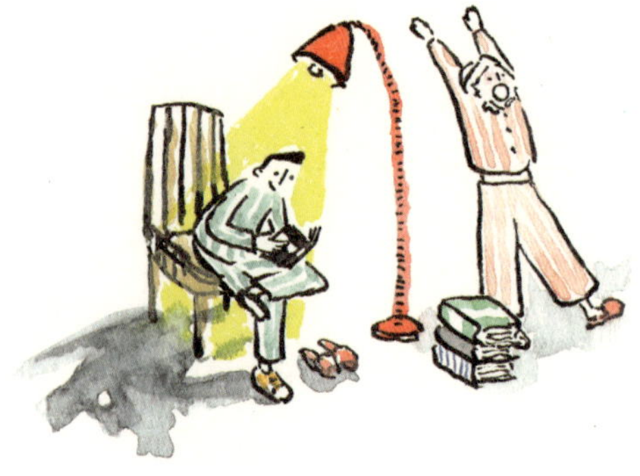

한 가지 자연스럽게 찾아온 변화라면,
내가 가장 편안함을 느끼는 사람과
결혼을 했고, 그 사람과
서로 다른 점을 알아가며 하루하루를
보내고 있다는 것이다.

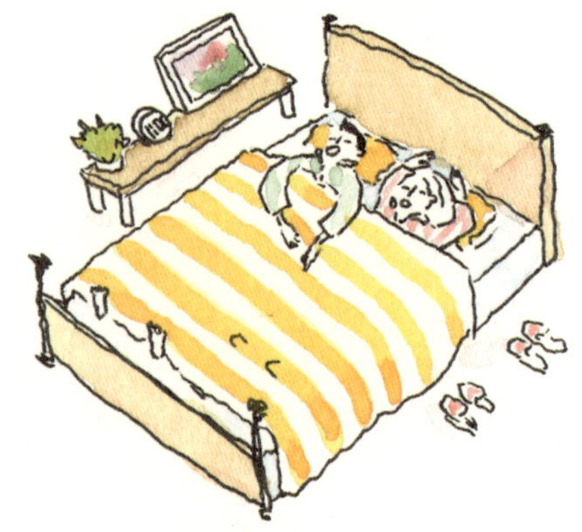

(나는 밥!)
(나는 빵!)

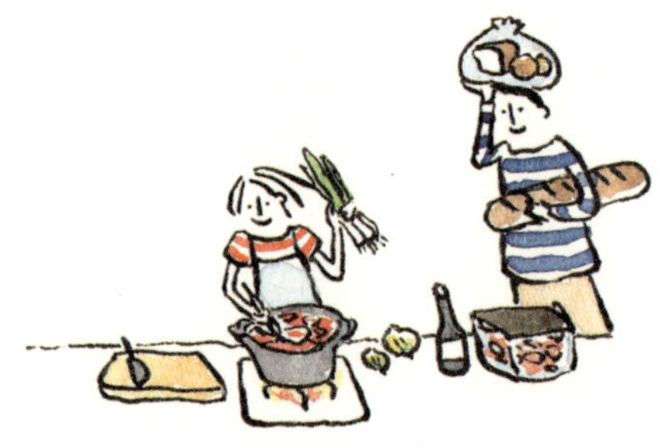

스물아홉의 고민들은 아직도 계속된다.
스물아홉 때 웃겼던 책은 아직도 웃기다.
아아… 서른이 되면 해결될 것만
같았던 것들도 그대로다.

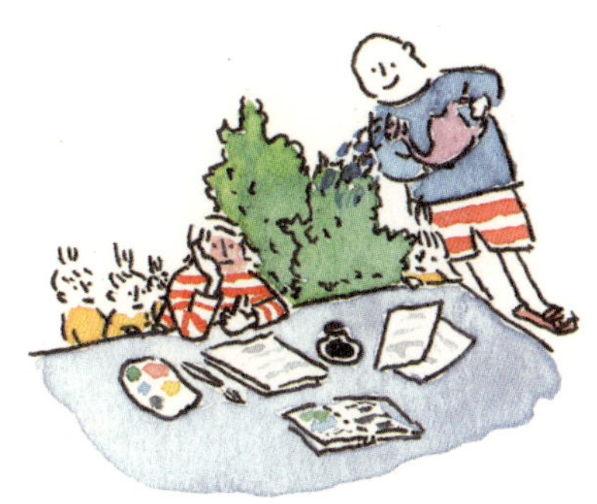

그런데 잠깐,
'그대로여서' 다행인 일들이
더 많다는 생각이 든다.
이 표현, 참 멋진 거 같다.
이렇게 나는 서른이 되었다.

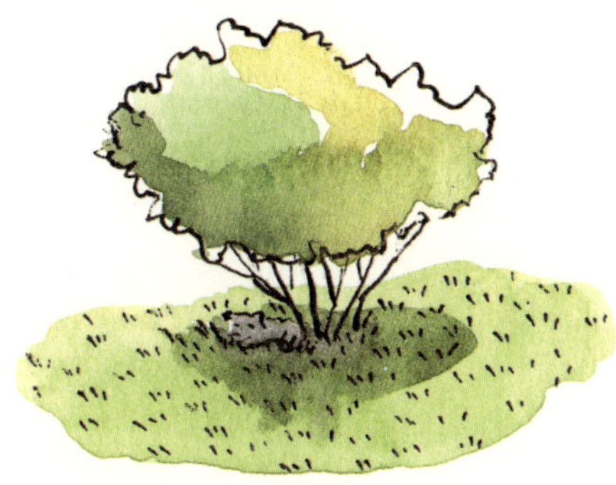

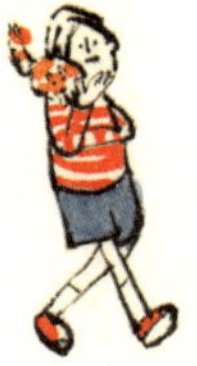